AXEL HACKE

Im Bann des Eichelhechts
und andere Geschichten aus Sprachland

Axel Hacke

Im Bann des Eichelhechts

und andere Geschichten
aus Sprachland

GOLDMANN

Penguin Random House Verlagsgruppe FSC® N001967

1. Auflage
Taschenbuchausgabe Februar 2023
Wilhelm Goldmann Verlag, München,
in der Penguin Random House Verlagsgruppe GmbH,
Neumarkter Str. 28, 81673 München
Copyright © Verlag Antje Kunstmann GmbH, München 2021
Umschlaggestaltung: UNO Werbeagentur, München,
nach einer Gestaltung von Heidi Sorg & Christof Leistl
Umschlagmotive: Michael Sowa
KN · Herstellung: ik
Satz: GGP Media GmbH, Pößneck
Druck und Bindung: GGP Media GmbH, Pößneck
Printed in Germany
ISBN: 978-3-442-49265-7

www.goldmann-verlag.de

VORWORT

Hans Traxler, der große Maler und Zeichner, berichtete mir einmal beim Abendessen, wie er im Mai 1945 als 16-Jähriger bei seiner Flucht nach Westen (er hatte als Kind in der Region um Karlsbad gelebt, also Karlovy Vary) die Demarkationslinie bei Marienbad in Westböhmen erreichte. Der amerikanische Wachtposten habe ihn nach seinem Woher und Wohin gefragt und dann eine Frage gestellt, die ihm, dem Wachmann, sehr wichtig schien.

Traxler verstand die Frage so: *Are there gods over there?* Wobei der Amerikaner das *gods* irgendwie texanisch gedehnt aussprach, *gaads*.

Traxler erstarrte.

Was meinte er damit: ob da drüben Götter seien? War das ein Codewort für hohe Nazis oder Generäle?

Jetzt bloß nichts falsch machen, dachte er, sonst schickt der mich zurück zu den Russen. Er antwortete, wahrheitsgemäß: *No, Sir, just ordinary people.*

Und durfte passieren.

Erst viel später, so Traxler, sei ihm klar geworden, dass der Soldat mit dem zerkauten *gaads* nicht *gods* gemeint hatte, sondern *guards*, Wachen, Wachtposten.

Das notierte ich damals natürlich, denn es ist ganz wunderbar, dass jemand die Frage, ob sich in der Stadt hinter ihm Götter aufhielten, so ganz selbstverständlich und ernst hinnimmt und auch wahrheitsgemäß beantwortet. Er hätte ja auch nachfragen können: *What do you mean by gods?* Aber wer traut sich noch nachzufragen, auf der Flucht, in großer Gefahr, vor einem Soldaten stehend, der über das Schicksal entscheiden konnte. Der war ja selbst eine Art Gott, und Göttern stellt man besser keine Fragen.

Die Notiz mit Traxlers Geschichte legte ich in eine Riesenschachtel in meinem Büro. In dieser Riesenschachtel lag das Material, aus dem jetzt dieses Buch geworden ist. Praktisch jeden zweiten Tag hatte ich etwas dafür in der Post, zehn Jahre lang, nein, fünfzehn: Sprachfunde von Leserinnen und Lesern irgendwo auf der Welt, Inserate, Schilder, Werbungen, Speisekarten, Zeitungstexte, alle mit kleinen, überraschenden Fehlern, Macken, Irrtümern, über die sich die Leute natürlich manchmal schon ihre Gedanken gemacht hatten. Lustige, verspielte, versponnene, nachdenkliche Mails, Briefe, Postkarten waren das. Manchmal bekam ich auch irgendwo etwas erzählt, wie jetzt von Traxler, oder jemand überreichte mir direkt ein Fundstück, garniert mit einer Anekdote, die ich dann in Stichpunkten auf einen Bierdeckel oder eine alte Quittung kritzelte. Oder auf einen Zettel.

Das wird Ihnen sicher gefallen, sagten oder schrieben die Leute, daraus können Sie vielleicht etwas machen. Aber ich ließ dieses Material lange, lange Zeit einfach liegen.

Ich habe doch schon das eine oder andere Buch zu einem ähnlichen Thema geschrieben, dachte ich. Außerdem hatte ich immer was anderes vor, ein anderes Buch, meine ich. Das schrieb ich dann eben – und dieses hier nicht.

Aber natürlich amüsierte ich mich mit dem, was ich da bekam.

Leserin K. schickte mir zum Beispiel das Foto eines Schildes aus einem Kieler Fußballstadion, auf dem es hieß, der Durchgang zum Stadioninnenbereich sei derzeit nicht möglich.

Sie fand es bemerkenswert, dass es offenbar neben dem sächlichen Stadion auch eine *Stadionin* gebe, mit dem Plural *Stadioninnen*, was für mich zunächst die Frage aufwarf, warum man hier nicht einfach, wie es heute manchmal gebräuchlich ist, *StadionInnen* geschrieben hatte oder *Stadion*innen* – bis mir klar wurde, dass eben ausdrücklich nur zur Stadionin kein Durchgang möglich war. Zum Stadion aber wohl.

Ich behielt solche Erwägungen für mich, dachte nicht weiter darüber nach, wie ich auch die Frage nicht weiter erörterte, die mir Leserin G. aus Regensburg eines Tages stellte. Frau G. hatte einen Biskuitteig zubereiten wollen und dabei auf einer Internetseite im Rezept unter den Zutaten auch *Eier vom Tortenhuhn* entdeckt.

Was wohl ein Tortenhuhn sein könne, fragte Frau G. Ich wusste es nicht, aber natürlich stellte ich mir Spezialhühner vor, deren Eier besonders für Biskuitteig geeignet wären. Oder auch ein tortenartig geformtes Huhn, das zusammen mit Kuchenhähnen,

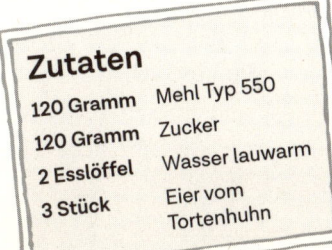

Zutaten

120 Gramm	Mehl Typ 550
120 Gramm	Zucker
2 Esslöffel	Wasser lauwarm
3 Stück	Eier vom Tortenhuhn

Kekshennen und Croissantküken in Spezialzuchtfarmen lebt. Ich schrieb sogar an den *Support-Service* der entsprechenden Internetseite, um zu fragen, was das sei, ein *Tortenhuhn*.

Man wisse es nicht, lautete die Antwort.

Wenn man nun aber nur allein diese drei, eher zufälligen Beispiele aus Tausenden von Leserbriefen zusammenlegt – da entsteht eine ganz eigene Welt, nicht wahr? Jedenfalls lässt sie sich erst einmal in Ansätzen ahnen: eine Welt, in der Götter in Städten leben, in der es Stadioninnen gibt und Tortenhühner, eine Welt von eigenem Reiz und seltsamer Schönheit, geformt allein durch Sprache, Missverständnisse, unaufklärbare Irrtümer. Und das Verrückte war, dass sich diese Welt hier in meinem Büro befand (und noch befindet), dass ich alles nur zusammensetzen musste aus den Mails, Briefen, Postkarten, Notizen, Bierdeckeln, Schnipseln, Fotos – ein unentdecktes Sprachland sozusagen, das immer größer geworden war, an das ich plötzlich jeden Tag dachte und in das ich nun aufbrechen wollte.

Sprachland – in meiner Vorstellung war das fortan ein weltumspannendes Gemeinwesen, überall und nirgends befindlich, hier in meinem Büro, aber auch in einer Pizzeria in Mailand, auf einem Schild in Neumarkt/Oberpfalz, in einer Mail aus Hamburg, auf einer Postkarte aus Radevormwald oder einer Speisekarte in Phuket: das einzige Land der Welt, das ausschließlich aus Sprache besteht, aus Irrtümern, Falschgehörtem, schlecht Übersetztem, aus Fehlleistungen und aus den Phantasien, die sich daraus ergeben.

Ein Land, das man jederzeit und ganz unverhofft betreten kann, ohne Reisepass, nur mit offenen Augen und ein wenig Vorstellungskraft ausgerüstet. Und ein Land gleichzeitig, das man, kaum ist man da, unversehens auch schon wieder verlassen hat, denn hier ist man oft nur für einen Moment, für ein kleines Lachen, ein kurzes Irritiertsein, ein plötzliches Nachdenken – und dann ist der Besucher auch schon wieder draußen, über die Grenze, in der schnöden Wirklichkeit korrekten Redens, regelgerechter Sprache, richtigen Schreibens, Hörens, Sehens.

Das könnte ein schönes Buch sein, dachte ich, ein lustiges, verträumtes, versponnenes, verspieltes Sprachspielbuch. Ich müsste dazu nur erst einmal dieses ganze Material aus den Ecken und Winkeln, den Regalen und Schubladen und aus dem Computer meines Zimmers zusammensuchen und wieder betrachten.

Wenn mir aber dieser Gedanke kam, so war er stets gefolgt von einem zweiten: Ach, du wartest besser lieber noch ein wenig, bis es noch mehr Material ist, dann wird das Buch interessanter. Als es dann jedoch mehr Material war, hatte ich plötzlich Angst vor diesem vielen Zeug, dem ganzen Papier, vor der Mühe, das alles zu durchforsten. So wartete ich weiter. Was die Sache nicht besser machte. Denn dieses ganze Materialgebilde bekam allmählich etwas Drängendes, Forderndes, Verlangendes.

Es wurde immer schwieriger, dieses Buch nicht zu schreiben, obwohl doch Nichtschreiben eigentlich die einfachste Sache der Welt ist, viel leichter als Schreiben.

Aber ich dachte ja nun immer öfter an das Buch.

Und ich begann es mir vorzustellen.

Eines Tages kam dann die Mail von Herrn B. Er hatte in Agde in Südfrankreich, am Canal du Midi, das Schild eines Bootsverleihs fotografiert. Man konnte dort Boote mit oder ohne Lizenz leihen, und dann hieß es auf diesem Schild, ganz plötzlich und einfach so: Denken Sie Ein Buch.

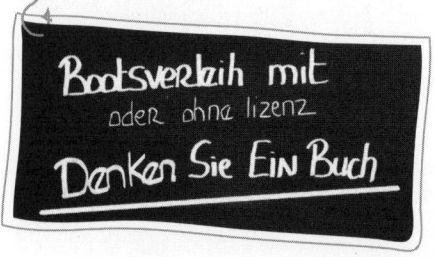

Wahrscheinlich solle das bedeuten, schrieb B., »dass man nicht vergessen darf, im Voraus zu buchen«.

Ja, das ist sicher wahr, dachte ich. Aber irgendwie stimmt es auch so: Man muss eben ein Buch auch wirklich denken, dachte ich, natürlich, man darf das Ganze nicht immer nur so nebenbei im Kopf vor sich hin simmern lassen, sondern muss eine Vorstellung davon entwickeln. (Ich hatte ja damit schon begonnen.)

Und dann muss man es schreiben.

Das tat ich auch. Es ging einfach nicht mehr anders.

Ich machte mich ans erste Kapitel. Und wissen Sie was? Wenn man damit erst mal angefangen hat, wenn man also sozusagen in die *Kapitelstraße* eingebogen ist und sich dort befindet, dann gibt es kein Zurück mehr. Das wusste ich, denn Frau K. hatte mir aus Lübeck auch das Foto eines anderen Schildes geschickt, als Warnung, wenn man so will.

WILLKEMMON

Es gibt die verschiedensten Möglichkeiten, Menschen willkommen zu heißen. Ich erzähle dazu folgende Geschichte.

Eines Morgens im Jahr 2015 zog ich ein Sakko an und fand in der Tasche ein Parkticket aus Schweden. Aber ich war seit Jahrzehnten nicht mehr in Schweden gewesen! Genau genommen hatte ich mich überhaupt nur einmal im Leben dort aufgehalten, als Zeitungsreporter nach dem Mord an Olof Palme.

Aber das war 1986, damals vor fast dreißig Jahren.

Und zwar ohne Auto. Ich hätte also auch kein Parkticket benötigt, in jenem lange zurückliegenden Jahr.

Oder war ich doch dort? Hatte ich etwas vergessen? Ist es schon so weit mit mir gekommen?, dachte ich: dass ich Reisen nach Schweden vergesse?!

Dann fiel mir ein, dass ich das Sakko seit einem Jahr nicht mehr getragen habe, damals aber zuletzt bei einer Lesung. Und dort hatte mir ein Leser diesen Zettel zugesteckt, ein Parkticket aus der *Astrid Lindgrens Värld* in Vimmerby/Småland. Er fand es lustig (und das ist es ja auch), dass auf diesem Papier das schwedische Wort *Parkeringsbiljett* (also *Parkticket*) als *Strafzettel* übersetzt worden war und dass damit sozusagen auch der korrekt Zahlende bestraft wurde. Und dass darunter *Välkom-*

men!, Welcome!, Willkommen! stand, was sich unter dem Begriff *Strafzettel* irgendwie seltsam macht.

Leise Ironie des Alltags: Ich lernte bei der Gelegenheit noch ein bisschen Schwedisch, weil ich nämlich von des Schwedischen mächtigen Menschen erfuhr, dass in Schweden ein Schnellzug, ans Deutsche angelehnt, *snälltåg* heißt, das Wort *snäll* als Adjektiv aber *nett* bedeutet. Was wiederum mit sich brächte, dass die schwedischen Schnellzüge eben auch nette Züge wären, *Nettzüge*.

Välkommen also, liebe Leserinnen und Leser, in den Freundlichkeiten der schwedischen Sprache!

Vor dem Betreten Sprachlands jedoch benutzen wir einen leicht variierten Gruß. Wir sagen:

Willkemmon!

Dieses schöne Wort fand sich vor Jahrzehnten auf einer Speisekarte einer britischen Unterkunft namens *The Grand Hotel*, in dem man eine Reisegruppe so begrüßte: *Willkemmon, »Lauscher Reisen«.*

Im folgenden Menü konnte man, so las ich, täglich wählen zwischen Gerichten wie *Braten Sie Bein englischen Lammes MIT ROSMARIN GEDIENT, WITTERTE BRATENSAFT* oder auch einer sorgfältig betitelten Speise

Parkeringsbiljett
Parking ticket
Strafzettel

Välkommen!
Welcome!
Willkommen!

Nr. 011998

ASTRID LINDGRENS
VÄRLD
VIMMERBY, SMÅLAND

namens *Selbstgefertigtes Hähnchen Kiew Filet Von Hähnchen, das MIT EINER Knoblauch-Butter gefüllt-wird, Breadcrumbed Und backte Bis Golden.*

Den Abschluss bildete *Frisch gegorener Kaffee.*

Es ist, wie wir sehen, beim Betreten unseres Landes wichtig, einige Grundsätze zu beachten. Den ersten fand jemand für mich vor vielen Jahren am Eingang eines italienischen Restaurants namens *Mi Piace* (das heißt *Gefällt mir*). Dort wurden auf einer Tafel die Sprachkenntnisse des Personals annonciert, *We speak english* zum Beispiel, auch *Mluvíme po česky.*

Und dann: *Wir sprachen deutsch.*

Den zweiten Grundsatz entdeckte ein anderer Leser vor dem Eingang zu den Katakomben in Rom, wo auf einem Schild der englische Satz *PLEASE WAIT UNTIL YOU ARE CALLED BY LOUDSPEAKER* übersetzt worden war mit *BITTE WARTEN, DIE DEUTSCHE SPRACHE WIRD AUFGERUFEN.*

Für den Besucher Sprachlands bedeutet das alles: Wer ausschließlich an korrekter deutscher Sprache interessiert ist, *der warte bitte hier*. Die Bewohner dieser eigenartigen Region *sprachen* deutsch und versuchen sich gerade zu erinnern. Wenn ihnen etwas Richtiges eingefallen ist, melden sie sich und rufen die Reisenden auf.

Alle anderen Interessenten folgen mir jetzt bitte.

Wir werden nämlich mit dem ersten netten Zug losfahren, wir werden die Beine englischer Lämmer braten, wir werden Bratensaft wittern, Hähnchen selbst fertigen und mit Rosmarin dienen.

Es wird ein großes Abenteuer.

Willkemmon in Sprachland!

REISEN 1

Für eine Reise hierher gilt jene Devise, die wir ganz vorne auf der Speisekarte im Restaurant des Hotels *El Pilar* in La Carlota in der Provinz Córdoba finden:

Schauen Sie vorbei und lassen sie glücklich.

Wie aber gelangen wir an unser Ziel?

Wie können wir vorbeischauen und uns glücklich lassen?

Mit dem Auto?

Da ziehe ich die Mail von Frau L. aus Laudenbach (Bergstraße) aus dem Ordner. Sie schrieb mir, als Kind habe sie oft Radio gehört, samt Verkehrsnachrichten. In denen sei immer wieder von c-flüssigem Verkehr die Rede gewesen, was in ihr (der kleinen L. also) die Frage aufwarf, warum denn niemals vom a-, b- oder d-flüssigen Verkehr die Rede sei; nie berichtete man darüber, immer nur vom *c-flüssigen Verkehr*.

Und tatsächlich stellt man sich vor, wie es wäre, wenn die Flüssigkeit von Verkehr in die Kategorien a, b, c und d eingeteilt wäre, wie ja auch, nach der Europäischen Norm EN2, brennende Stoffe in Brandklassen sortiert sind, A, B, C, D und sogar F nämlich. A sind zum Beispiel Brände fester Stoffe, meistens organischer Herkunft. B, das ist Benzin oder Lack. C sind Brände von Gasen, D solche von Metallen, F von Speiseöl, vulgo: Frittenfett.

Und wieso nicht E, wo ist E, gibt es denn keine Brand-klasse E?

»Im Jahr 1978«, lese ich bei *Wikipedia,* »wurde die Brandklasse E, die für Brände in elektrischen Nieder-spannungsanlagen (bis 1000 Volt) vorgesehen war, ab-geschafft. Alle heutigen Feuerlöscher können in Nieder-spannungsanlagen eingesetzt werden, sofern der auf dem Feuerlöscher aufgedruckte Sicherheitsabstand ein-gehalten wird.«

Hätte sich das also auch erledigt, Brandklasse E, meine ich. Na ja, und entsprechend werden dann die Löschmit-tel eingesetzt, deshalb heißt das Pulver in Feuerlöschern oft ABC-Pulver.

Wieder was gelernt.

Wie wir auch lernen, *C-Flüssigkeit* des Autoverkehrs bedeutet: Besser mit der Bahn fahren!

Meinen liebsten Bahnbericht bekam ich übrigens von Herrn K. aus Ulm, er schickte mir den Text eines Wer-behefts für eine berühmte, die Anden überquerende Eisenbahn. Sie fährt in Ecuador. Im Prospekt wird die Baugeschichte der Bahn erklärt, ein wunderbares und etwas längeres Zitat, das man wirklich bis ganz zum Schluss lesen muss – denn dort ...

Aber bitte, hier, ich zitiere ausführlich!

»Die geschichte der transandischen eisenbahn im Jahre 1860 machte man erste planene und versuche die bahn-strecke von Guayaquil bis Quito zu haven und erst 1874 kam die erste lokomotive in Milagro an. Aber erst 1895 unter der presidentschaft von Eloy Alfaro, nahm man kontakt mit der amerikanischen konpaine Archer Harmann un Edwar Morely auf, welche daran interressiert waren die schwieriste bahnstrecke der welt wie sie zu dieser zeit hiess, zu baven ... spaetr, in jahre1915 begann der bau der teilstrecke sibmbe Cuenca welcher nur sehr langsam fortschritt und erst 1930 funrder zug auf dem bahnnof el Tambo ein im august 1945 wurde die strecke bis Azoguez und am 6 maerz 1965 bis Cuenca eingeweint.«

Eingeweint.

Es gibt so viele Orte, die man zwar meinetwegen auch *einweihen*, aber dann gleich erst einmal *einweinen* müsste: Bahnhöfe, Orte der Zusammenführung und des Abschieds; Friedhöfe; und dann Taschentücher, Kopfkissen, Freundesschultern, Zwiebelschneider.

Warum ist dieses Wort bisher nur in Ecuador benutzt worden? Oder, *wenn* es bei uns erwähnt wurde, dann in anderen Zusammenhängen, von Weinkennern etwa, die vor einer Weinprobe einen Schluck von bereits bekanntem Wein trinken, um Mund und Schleimhäute auf andere Weine vorzubereiten, sie also *einzuweinen*, ähnlich vielleicht wie man ein neues Auto *einfährt*. (Deshalb vermutlich fand ich auf einer slowenischen Weinkarte einmal den Begriff *Vinska Karta* mit *Weinenkarte* übersetzt.)

Einzig Hildegard Knef soll das Wort einmal so genommen haben, wie es genommen werden sollte, als sie sich über Schönheitsoperationen äußerte nämlich. Ein frisch geliftetes Gesicht, so wird sie oft zitiert, das müsse man jahrelang *einlachen* und *einweinen*.

Anfangs läuft der Tränenstrom nur c-flüssig, aber dann, irgendwann ...

Müsste man nicht übrigens auch neue Betten *einschlafen*? Neue, dicke Bücher *einlesen*? Und wenn man dann nicht mehr weiterlesen mag, weil es eine dieser sterbenslangweiligen Schwarten ist, die man sich wieder von einem Rezensenten im Literaturteil hat aufschwatzen lassen, was dann?

Dann setzt man eine *Fertiglesebrille* auf, wie sie Leser K. aus Brannenburg einmal bei *Tengelmann* entdeckte, als es *Tengelmann* noch gab: Brille auf, fertig gelesen, Ende, danke.

Aber das nur en passant.

Wir waren ja beim Bahnfahren.

Seltsame Orte gibt es in Sprachland, wo wir auf den Bahnsteigen die Züge erwarten. Einer der größten heißt Nichteinsteigen. Sehr viele Züge fahren dorthin, aber immer sind sie leer. Ich habe mich selbst überzeugt, eines längst vergangenen Tages in der *WestfalenBahn*

auf einem Bahnhof in Nordrhein-Westfalen. Über einem Zugfenster, genau dort, wo sonst die Reiseziele verkündet werden, stand *Nichteinsteigen*. Aber niemand saß oder stand im Zug. Niemand wollte nach *Nichteinsteigen* fahren.

Ein anderes Mal an einem anderen Bahnhof: Ich stand vor dem Zug, der als *ICE 77777* gekennzeichnet war, darunter stand *Wir reinigen, -einsteigen*. Und wiederum darunter, genau wieder dort, wo sonst die Reiseziele angegeben sind, las ich *Willkommen*. Und wiederum darunter, dort, wo man sonst die Zwischenziele und -halte findet, dort also entdeckte ich die Worte *bitte nicht*.

Willst du nach *Willkommen* reisen, so musst du mit der Bahn über *bitte nicht* fahren.

Möglich wäre des Weiteren auch die Reise mit dem Schiff.

Hier sind die Angebote vielgestaltig. Allein reisende Herren dürfte besonders das Angebot interessieren, das sich vor Jahren für eine ganze Weile auf der Internetseite der Fährgesellschaft *Moby Lines* in Italien fand, ganz unauffällig. Dort standen, jeweils mit einem Kästchen zum Ankreuzen versehen, die Sonderangebote *ANGEBOT HIN/RÜCK, Staufreie Abfahrten, Super Frau, Angebot Kinder.*

Ansonsten ist bei Schiffsreisen zu beachten: Die Überfahrt ist nicht ungefährlich. Man muss also den Sicherheitsanweisungen an Bord Beachtung schenken. Leser H. aus Wertingen zum Beispiel fand es bei einer Seereise entlang der norwegischen Küste nicht leicht, wie gefordert die Anzüge *an den Enkeln zu befestigen* – warum?

Aus reinem Enkelmangel, er hatte zu diesem Zeitpunkt einfach keine. Denn er sollte erst vier Monate später Großvater werden.

Gott sei Dank trat der Notfall nicht ein.

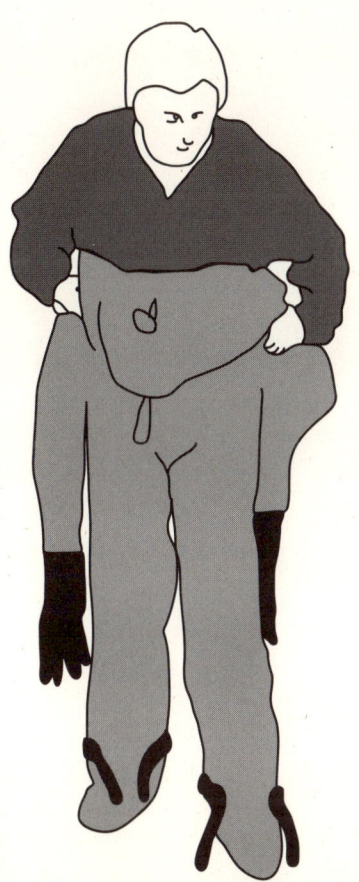

**Stig i med en fot
om gangen,
stram ankelstroppen.**

*Ein Bein zur Zeit anzichen.
Befestigen der Bänder an
den Enkeln.*

**Insert one leg at time,
tighten ankle straps.**

REISEN 2

Wohlbehalten in Sprachland angekommen, werden wir nun unsere Unterkunft beziehen.

Mancher von uns hat vielleicht schon vor der Anreise mit dem Vermieter korrespondiert. Stellvertretend für all jene möchte ich aus dem Schreiben zitieren, das Leserin O. von ihrem italienischen Vermieter erhielt.

Mit vielem Verdruß muss ich in Verbindung stehen, dass Wohnungen (zwei) während des verlangten Zeitraums sie die Zustände sind, die von zwei Familien, von einem englischen und von Franzosen aufgehoben werden. Für trovarvi ein sistemazione, das, ich habe zu einem meinem Freund gebeten, der ein villetta zu Capodarco di Fermo hat und die Verwendbarkeit bis sieben Personen haben würde und habe gesagt, dass sie ospitarvi für € 450 ausschloß das Leinen könnte (Blatt, zum federe, zu den Tüchern, zum Bademantel). Wenn sie auch sich setzen müssen, bedecken Sie an Hand, zum federe und Tücher ist eine Integration der Preisunterseite von € 100 notwendig (450 +100). Wenn diese Lösung interessarvi kann, lege ich Ihnen in Kommunikation mit der Familie meiner Freunde vor, folglich, das Sie fähiges scambiarvi andere Informationen durch Post sind.

Mit vielem Verdruß muss ich in Verbindung stehen – mit dieser geradezu hiobschen Lebensklage beginnt eine plötzlich ganz liebenswürdige Satzfolge voll überraschender Wendungen (»die von zwei Familien aufgehobenen Zustände«) und Vokabeln (»Preisunterseite«), ein so elegantes Schweben durch die verschiedenen Sprachen (»wenn diese Lösung interessarvi sein kann«), dass man einfach nur noch zuhören möchte, ja, man möchte sich zum Bademantel setzen, man will sich zum *federe* und den Tüchern bedecken, man möchte bloß noch *scambiarvi* sein, ein fähiges *scambiarvi* möchte man sein.

Nicht mehr und nicht weniger.

Ganz ähnlich ist es mit dem Schreiben, das Leser S. in seinem Hotel in Rimini vorfand.

In italianische Gegend(E.U.) Stunde des Restes ist zwischen den 00.00 und 07.00 a.m.; spater beten wir,um auch zu respektieren unser Hotel zu Ihnen der gleiche Zeitplan,im kontraren Fall, diagreeably, *das wir zwingen zu Ihnen,um Sie einzuladen ,zu uns zu verlassen sind. Die Service-Nachfragen und-bezahlung zu Ihnen schließen nicht Abende,die Art Festlichkeiten mit mehreren zu Ihnen eiladen, Freunde, ETC ... sind infolgedessen nicht das agreste nell mit ein,das von den Hotelwiedervereinigungen inner sind, Besuche und« Besuche«.Innerhalb Hotel naherte nur sich den kunden.*

Ja, das ist eine Bleibe, in der man nicht stickum Handtücher oder Seife stehlen wird, aus der man keinen Bademantel als Erinnerungsstück entwendet, nein: Man wird Wörter mit nach Hause nehmen, die unvergessliche *Stunde des Restes* ganz sicher, auch dieses fremd-schöne *diagreeably*, das man am liebsten selbst künftig ab und zu mal in einen Satz einstreuen würde (»Sind Sie nicht, gnädige Frau, *diagreeably* auch der Meinung ...«), die *Hotelwiedervereinigungen*, die sorgfältige Unterscheidung zwischen *Besuche* und *Besuche*«, überhaupt das feine *und*« mit den zwei Härchen ganz rechts, *und*«, *und*«, *und*«, ein *und*«, das man sich daheim in die Vitrine stellen möchte, und immer, wenn man es sieht, denkt man: Ach, damals in Rimini, dieser Abend auf der Piazza, das gute Essen dort, die *Besuche* und auch die *Besuche*«, *und*« danach tranken wir noch eine Flasche auf dem Balkon – *und*« ...

Das Schreiben schließt mit einem Satz, der uns in eine Art sprachliches Nirwana führt, jeder Bedeutung enthoben, ein dadaistisches Manifest ist geradezu eine behördliche Mitteilung dagegen.

-jedes das sconforto .das mit Gerechtigkeit von Teilengen tal gekennzeichnet wurde ,behob zutreffenden Kunden in der nützlichen Zeit.

Und was finden wir in einem Bungalow auf Madeira?

Ich lese: *Jeder Wohnsitz hat einen Raum mit einer sortierten Königin.*

Ich lese weiter: *Die Küche wird mit allen notwendigen Electro-Hausangestellten ausgerüstet.*

Oder hier, Poole in Südengland, wohin Frau P. und

Herr M. reisten.

*Der Tee/Kaffee, die die Ausstattung machen, die
frische Kiste Mini – für die frische Milch. (Die Milch
wird alle Tage geliefert, wenn Sie mehr bitte machen
müssen, unentschlossen sind zu verlangen). Der
Haartrockner (die Grundassistentenschublade
Frisösen). ... Das Bad von dem demi-cadratin-suit
e mit den Schmeichelhaften Artikeln der Toilette ...
Das Ersatzbettzeug wird auch zu keinem zusätzlichen
Preis geliefert Sie es zu finden in den Lagerungsgefäßen tief in der Garderobe.*

Im griechischen Thassos fand Herr S. sogar folgende
Notiz.

*Es gibt eine Person im Schrank in Ihrem Zimmer, zu
dem nur Sie Zugang haben.*

Welche Person mochte das sein? Ein Grundassistent?
Eine sortierte Königin? Der Electro-Hausangestellte?
Die Super Frau?

S. versichert, er habe nachgeschaut, aber es sei niemand da gewesen. Was die Sache noch geheimnisvoller
macht: Wo war die Person? Unsichtbar verborgen in den
Lagerungsgefäßen? Handelte es sich um einen *Nicht-
Einwohner*, wie es sie in der Tempelanlage des *Jupiter
Anxur* in Terracina südlich von Rom gibt, wo jeder auf
einem Schild lesen kann:

*INPUT DIE VORTEILE DER NUR BAR SERVICE TAKE:
Nicht-Einwohner 1,00 €
Bewohner nur an Feiertagen 1,00 €*

Wir müssen aber nun der Tatsache ins Auge sehen, dass ein Aufenthalt in Sprachland nicht frei von Gefahren ist, mag sein, dass wir plötzlich *mit einem Verdruß in Verbindung stehen*, mag auch sein, dass man die Bänder nicht richtig *an den Enkeln* befestigt hat. Doch kann man gewiss sein, dass im Fall von Bedrohungen für Schutz gesorgt ist, jedenfalls lesen wir im Merkblatt des *Camping Municipal du Soleil* von La Rochelle in Frankreich:

In der Eventualität, wo sich ein Vorfall in diesem Fall ereignete, ist es unbedingt den Campern gebeten, in der Anwendung die durch die Macht des Lagers gegebenen Anweisungen zu legen, die den Alarm auslösen wird:
1) In der Meldung der Macht des Lagers gehorchen.
2) Sich sofort zu Fuss bis zum Zentrum des Campings gehen, neben dem (Holzkohl) Grill; bitte dem blau markierten Weg Folgen.
3) Sich gruppiert bewegen, den Anweisungen der Mächte bis zum Turnanstalt »Falorni«.

Jawohl, im Ernstfall wird hier durchgegriffen, das kann man wohl sagen, aber es geht hier, bitte sehr, nur um Eventualitäten, in denen Vorfälle sich in gewissen Fällen ereignen. So etwas ist sehr selten.

Ansonsten einfach immer die Turnanstalt »Falorni« im Auge behalten.

Falls jemand Hunger hat: Frau B. meldete aus Dreieich, sie habe das Wohnzimmer betreten, als ihr Mann und der kleine Sohn gerade eine ZDF-Dokumentation über die Eisfelder Grönlands sahen. Fasziniert von den Bil-

dern sei sie in der Tür stehen geblieben und habe mitge-
schaut, »ein akustisch offenbar suboptimaler Standort«.
Jedenfalls habe sie vernommen, wie ein Schweizer Grön-
land-Forscher auf die Frage, ob ihm bei der einsamen Arbeit im eintönigen Eis nicht langweilig werde, wörtlich
antwortete: Nein, hier gebe es Currywurstbuden, *eine
Mutter und ein Kind sind da vorbeigelaufen, und dazu
gibt es auch viele seltene Pflanzen.*

Currywurstbuden?

In Grönland?

Na ja, er hatte gesagt: *Karibuspuren.*

Und nie vergessen: Für all das, für jede Gefahr, jeden
Alarm und jede Anweisung der *Mächte,* werden wir ent-
schädigt, zum Beispiel so, wie es meiner Leserin H. bei
Airbnb verheißen wurde.

*Am Morgen wachen wir auf zum Lied der großen
Titten, die auf dem Baum vor dem Zimmer stehen und
in der Nacht können Kühe unter den Fenstern grasen.*

Natürlich erhebt sich hier, wie überall, die Frage: Wie
konnte es zu einer solchen Übersetzung kommen? Des
Rätsels Lösung: Im Italienischen, aus dem übersetzt
wurde, ist die Rede von *il canto delle cinciarelle,* dem
Gesang der Blaumeisen. Der Übersetzungsautomat überträgt das alles in der Regel erst einmal vom Italienischen
ins Englische, wo die *cinciarella,* die *Meise* also, tatsächlich *tit* heißt, und wenn man *tit* dann weiter ins Deutsche überträgt ... Das Adjektiv *groß* ist dann allerdings
einer klassischen freudschen Fehlleistung zuzuschrei-
ben, denn Blaumeisen sind immer klein.

Und auch dies hier noch!

Man sollte in Erinnerung behalten, was auch Leser H. an einer Bushaltestelle auf Teneriffa ganz unverhofft ins Gedächtnis gerufen wurde: Dort stand *Destino Destiny – Schicksal*. Das heißt: Am Ende aller Reisen landen wir alle am gleichen Ziel, *el destino* – im Spanischen ein Wort mit mehreren Bedeutungen: einmal *der Zielbahnhof*, aber auch *das Schicksal*. Man muss sich also beim Übersetzen entscheiden. Im Englischen wäre der Zielbahnhof *the final destination*, »das Schicksal« aber eben *the destiny*. Und genau an dieser Zweigstelle ist der Übersetzer jenes Haltestellenschildes auf Teneriffa falsch abgebogen (falsch aber nur, wenn man an einer korrekten Übersetzung interessiert ist, richtig hingegen, wenn man nach Sprachland möchte): Im Laufe der langen Reise ist *destino* irgendwie und ohne dass es jemand wirklich bemerkt hätte, zu *destiny* geworden und damit dann im weiteren Verlauf des Übersetzens vom Englischen ins Deutsche zum *Schicksal*, zur großen, letzten und immer geöffneten Lebenshaltestelle.

Und diese Haltestelle befindet sich in Sprachland.

Aber was haben wir nicht alles erlebt auf unserem Weg hierher?!

Wir trafen die Super Frau und den Grundassistenten, wir begegneten Bewohnern, Nicht-Einwohnern und der sortierten Königin, wir folgten den Anweisungen der Mächte, wir wurden in der nützlichen Zeit behoben und lauschten dem Lied der großen Titten.

Diagreeably, würde ich sagen.

Denke ich ans Reisen, fällt mir ein katholisches Kirchenlied ein, das gerne zu Weihnachten gesungen wird.

Es beginnt so:

Menschen, die ihr wart verloren,
lebet auf, erfreuet euch!
Heut ist Gottes Sohn geboren,
heut ward er den Menschen gleich.

Dazu bekam ich etliche Briefe, allesamt von Menschen, die den Text an einer winzigen, doch bedeutsamen Stelle falsch verstanden hatten, sie hatten als Kinder bei dem Wörtchen *wart* sozusagen ein großes *W* gehört, *Wart* also.

Menschen, die ihr Wart *verloren.*

Aber was das sein könnte, dieses *Wart*, das da verloren gegangen war, das wusste sich niemand zu erklären. Es war auch irgendwie egal, »Trost und Rettung nahte ja durch die Geburt Jesu«, schrieb mir Frau D. (Immerhin schien übrigens nie jemand das zweite *ward* falsch verstanden zu haben, es wird ja auch mit d geschrieben, vielleicht liegt es daran.)

Verblüffenderweise passt aber auch das groß geschriebene *Wart* bestens in den Text, und zwar in fast allen

Schattierungen seiner früheren Bedeutungen. Ganz ursprünglich war darunter ja ein Hüter oder Wächter zu verstehen, wie er heute noch als Wortteil im *Kassenwart* oder *Torwart* existiert und wie wir ihn in jenen Menschen sehen, die in der Werkstatt unser Auto *warten,* und wie er dann eben in der *Warte* wiederkehrt, von der aus man ins Land schauen kann: den Zinnen, den Türmen, den Festen, den Wällen, den Mauern, den Dämmen.

Von Jerusalem die Warten
Lagen schon in rothem Duft.
Stand der Patriarch im Garten,
Glockenklang ging durch die Luft.

So dichtete Eichendorff, und bei August Graf von Platen war die *Wart* dann endgültig eine Art Leuchtturm. Er schrieb:

Wenn ich bei Nacht die finstre See befahre,
Wer zündet Licht mir auf den hohen Warten?

Natürlich sind die Worte *wart verloren* im menschheitsschicksalhaften Sinne weit umfassender als das doch eher kindlich-konkrete *Wart verloren*, aber letztlich …
Ach, letztlich …
Beim Herumstöbern entdeckte ich dann noch ein Gedicht Friedrich von Matthissons, der Zeitgenosse und Freund Hölderlins war, auch von Schiller und übrigens Beethoven hoch geschätzt. (Doch nach seinem Tode war Matthisson rasch vergessen.) *Das Todtenopfer* heißt dieses Gedicht, darin die Zeilen:

Aus Warten und aus Klüften
Fleugt scheu die Eul' empor;
Es gehn aus ihren Grüften
Die Geister leis' hervor;
Still tanzen, in Ruinen,
Die Gnomen und die Fey'n,
Vom Glühwurm bleich beschienen,
Den abendlichen Reih'n.

Ach, wer je des Nachts vom Glühwurm bleich beschienen war, der wird verstehen, wie ich diese Art des Reisens schätze: Man startet mit einem Kirchenlied und kommt bei einem längst vergessenen Dichter an.

ZEIT

Es ist sehr lange her, dass mir Frau S. aus Bad Godes-
berg schrieb: »In meiner frühen Jugend gab es noch
Straßensänger. Sie sangen in Hinterhöfen von Miets-
häusern, oft von einem Ziehharmonika- oder Geigen-
spieler begleitet. Wir wurden als Kinder öfters zu einer
Schneiderin gefahren, die in einem solchen Mietshaus
im – vielleicht – dritten Stock wohnte und uns Kleider
nähte, resp. umänderte. Das war für uns langweilig,
doch dann kamen meistens die Straßensänger in den
Hof, es wurden Münzen in ein Zeitungspapier gewickelt
und runtergeworfen. Das Faszinierendste und Zauber-
hafteste, das ich da hörte und nie vergessen habe, lautete:

Das muss ein Stück vom Himmel sein,
wie wunderfein, wie wunderfein …

Über Jahre habe ich gerätselt, was es wohl mit diesem
wunderfeinen Stück Himmel auf sich haben könnte, und
erst viele Jahre später, als erwachsener Mensch erfuhr
ich die ernüchternde Lösung:

Es hieß nicht ›wie wunderfein‹ im Liede, sondern
›Wien und der Wein‹.«

Das Schöne an Sprachland ist aber nun, dass wir *die er-*
nüchternde Lösung hier ignorieren können, ja, wir müs-

sen sie nicht einmal zur Kenntnis nehmen. Für uns gibt es sie einfach nicht.

Wir leben nämlich in einem Land, in dem eine kleine Münze wirklich ein Stück vom Himmel ist, ja, der Himmel ist voller Bargeld, und es wird der Tag kommen, an dem auch mal ein Hunderter von oben herabsegelt und sanft auf unserem Scheitel landet – und noch einer und noch einer …

Wie wunderfein das sein wird!

Aber es ist, andererseits, nicht wichtig.

Sprachlandbewohner sind erstens an Geld nicht interessiert, sondern an Poesie, an Irrtümern, an Missverständnissen. Und zweitens ist es eben so: Wenn sie Geld benötigen, singen sie ein Lied – und Münzen wie Scheine fallen auf sie herab.

Das ist einfach selbstverständlich.

Und weil das so ist, haben sie Zeit. Sie können schlafen, bis sie wirklich wach sind, kein Wecker holt sie aus dem Dämmer, sie haben keine Termine und wenn doch …? Wenn also wider Erwarten eine Verabredung im Kalender stehen sollte, dann stecken sie diese einfach in den Mund und essen sie auf, weg ist die Verabredung, so wie auf jenem Frühstücksbuffet, auf dem es *Dates* gab. Was einerseits *Datteln* bedeutet, aber eben auch, wie man auf dem kleinen Hinweisschild über der Dattelschale sofort erkannte, weil es dort geschrieben stand: *Termine*.

Also, gehen wir heute einfach auf den Markt oder ins Obstgeschäft, kaufen ein paar *Dates* und essen die, sie sind reich an Ballaststoffen und Antioxidantien, enthalten kaum Fett, aber viele Vitamine, auch Kalium und

Magnesium, zudem die Aminosäure Tryptophan, die der Körper schnurstracks in das Hormon Melatonin umwandelt.

Das beruhigt die Nerven und lässt uns gut schlafen.

Man isst Termine und schläft wie ein Baby.

Und so liegen wir in Sprachland oft im Gras und zwinkern ins Licht, beobachten ein paar Scheine, die uns direkt in die Börsen segeln, und schauen in den Himmel, wo die Vögel sind, die Wildgänse zum Beispiel, ja, genau sie: aus Walter Flex' einst berühmtem, von Robert Götz vertontem Gedicht *Wildgänse rauschen durch die Nacht*, das von Wandervögeln und Wehrmacht, von Pfadfindern wie Hitlerjungen gleichermaßen gesungen wurde.

Wildgänse rauschen durch die Nacht,
mit schrillem Schrei nach Norden.
Unstäte Fahrt,
Habt Acht, habt Acht!
Die Welt ist voller Morden.

Dazu schrieb mir Frau T. aus Springe, ihre Freundin, Jahrgang 1926, habe als Kind immer *Halb acht, halb acht!* verstanden und es mit leichter Verwunderung hingenommen, »dass die Gänse bei ihrer immerhin unsteten Fahrt doch stets pünktlich um halb acht Uhr über des Liederdichters Kopf hinwegzogen«.

So ist das eben hier: Auf diese Welt ist Verlass, auch auf die schrill mahnend die Nacht durchrauschenden Wildgänse, und sei die Welt auch voller Morden: Wenn sie zu uns kommen, kann man nach ihnen die Uhr stellen. Es läuft, bei großer Entspanntheit, alles präzise.

Übrigens gibt es ein schönes kleines Buch des Bostoner Physikers Alan Lightman: *Und immer wieder die Zeit* heißt es. Der Autor stellt sich darin neue Zeit-Welten vor, eine etwa, in der die Zeit auf den Bergen langsamer vergeht als im Tal, oder eine andere, in der Zeit ein lokales Phänomen ist, in jedem Ort gehen die Uhren anders. Lightman überlegt, was jeweils die Folgen sein könnten. Würden die Menschen im Fall eins auf den Bergen leben, weil sie dort mehr Zeit haben? Würden sie im Fall zwei das Reisen vermeiden, weil nach einem Aufenthalt dort bei der Rückkehr zum Beispiel die Kinder älter wären als man selbst?

An dieses Buch musste ich denken, als mich Herr K. aus Mittenwald seinerzeit auf die (heute leider nicht mehr aktive) Rezeptseite *turkiyeninrehberi.com* hingewiesen hatte und ich daraufhin dort ein Rezept entdeckte, in dem es hieß: *5 Minuten vor dem Ende der kochenden Zeit, Fügen Sie die Erbsen und schwarzen Pfeffer, Decke mit einer Serviette hinzu, und reisen Sie nach 20 Minuten ab.*

Die kochende Zeit. Was wäre das für eine Welt, in der die Zeit zum Kochen gebracht werden kann?

Klingt auf jeden Fall nach Abreisen, nicht wahr? Wer möchte leben, wo die Zeit siedet, da verschwindet einer lieber, bevor er sich die Finger verbrennt.

Doch was ist, wenn man eines Tages wieder zurückkehrt?

Wird dann nicht die Zeit – wie ja auch das Wasser, wenn man es nur lange genug vor sich hin kochen lässt – verschwunden sein? Eingekocht und dann verkocht? Werden wir vor dem Zeitkochtopf stehen, und da wird nichts mehr sein? Wo ist die Zeit dann, nach dem Kochen? Verschwunden? Für immer weg? Nein, das gibt es nicht, auch die Wassermoleküle haben sich ja nach dem Verkochen nicht in nichts aufgelöst, ihre Bestandteile sind nur aufgestiegen und haben sich mit der Luft vermählt.

Also, richtig, die Zeit wird verdampft sein, und wenn wir nach unserer Rückkehr die Zeitküche betreten, dann atmen wir die Zeit ein, sie füllt unsere Lungen, sie bereichert unseren Stoffwechsel, Sekunden, Minuten, Stunden werden wir in uns aufnehmen – und das ist zweifellos ein großartiger Gedanke: *dass die Zeit ein Teil von uns wird.* In keinem anderen Land ist das möglich, glauben Sie mir, ich habe schon Menschen an ihren Armbanduhren lecken sehen, ich habe sie beobachtet, wie sie den Sand aus ihren Eieruhren löffelten und mit einem Glas Wasser herunterspülten, ja, ich war Zeuge, wie Leute an den Stäben von Sonnenuhren knabberten.

Es war verzweifelt und sinnlos.

Zeit in sich aufnehmen, Zeit atmen, das geht nur hier, in Sprachland, wo wir ja auch Termine essen können und also gewöhnt sind, Zeit zu inkorporieren.

Übrigens entdeckte ich die zentrale Zeiteinheit dieses Landes bei einem Besuch in Österreich, in einem Hotel am Wolfgangsee. Dort wollte ich das Wellness-Zentrum aufsuchen und sah bei einem Blick auf die Angebotsliste, dass hier weder in Stunden noch in Tagen gerechnet wurde, nein, die einzig maßgebliche Maßeinheit der Zeit hier war die *Verwöhnminute*. Jede mögliche Körpermaßnahme, sei es die Faszien- oder die Teilmassage oder die Lymphdrainage, wurde in Verwöhnminuten bemessen, 30 Verwöhnminuten für dies, 45 Verwöhnminuten für jenes.

SCHRÖPFEN
Ausleitung von Schadstoffen über die Haut mittels Schröpfgläsern stärkt das Immunsystem und hilft gegen Müdigkeit, Kopfschmerzen und Muskelverspannungen.

60 Verwöhnminuten   **Euro 68,00**

Wenn es aber Verwöhnminuten gibt, müssen dann nicht auch Verwöhnstunden, Verwöhntage, Verwöhnwochen, Verwöhnmonate, ja, Verwöhnjahre existieren?

Und siehe da: Natürlich gibt es sie. Das ganze Internet ist voll davon, Hotels, Kosmetiksalons, Wellness-Oasen, überall wird die Zeit in Verwöhneinheiten organisiert, nirgends ist hier die einfache Minute, der simple Tag, die
ordinäre Woche genug. Anderswo gibt es die Schreck-

sekunde, den Minutentakt, die Arbeitsstunde, den Sitzungstag, die Sechstagewoche, den Fastenmonat, das Dienstjahr, all diese harten, Entbehrungen benennenden Begriffe: der Takt der Ackerer und Rackerer, der Wulacker und Malocher, der Klotzer und Roboterer, der Schaffer und Knechter.

In Sprachland aber perlt die Zeit dahin. Sie tropft auf deine Stirn wie Öl bei einer ayurvedischen Massage, sie fließt über deinen Rücken wie Schweiß in der Sauna, sie schäumt dein Haar wie Sandelholzshampoo, sie dringt in deine Haut wie milde Mandarinencreme, sie bedeckt dein Gesicht wie eine Gurken-Minze-Maske, sie nuckelt an deiner Epidermis wie ein Schröpfglas und lockert deine Fußreflexzonen wie ein kundiger Masseursdaumen.

Du isst sie. Du atmest sie ein.

Diese Zeit ist gut zu dir, Verwöhnminute für Verwöhnminute.

Frau W. aus Cottbus schrieb mir einmal, ihr Lebensgefährte habe als kleiner Junge, vor damals mehr als fünfzig Jahren, mit seinem Bruder zusammen einen Kriegsfilm im Fernsehen gesehen. Das sei in der DDR gewesen und ziemlich grauenhaft, Bomben, Explosionen, Getöse. Auf dem Höhepunkt des Ganzen sei der Opa ins Zimmer gekommen und habe gesagt:

»Ja, das war früher.«

Danach sei die Zeit vergangen, eines Tages sei es Frühling geworden, die beiden Buben und der Großvater waren im Garten, und der Opa habe sich in der Sonne gerekelt und gesagt:

»Jetzt ist Frühjahr.«

Schreiend seien die beiden weggerannt, um sich zu verstecken.

Sie hatten verstanden:

»Jetzt ist früher.«

Und gedacht, jetzt kämen die Bomben und alles werde wie im Film. »Die Aufklärung der Geschichte«, so W., »ließ lange Zeit auf sich warten, denn obwohl gründlich von den Eltern befragt, waren die Jungen vor Entsetzen verstummt.«

Jetzt ist früher.

Das ist interessant.

Denn es klingt nach Zeitmaschine. Opa sitzt im Garten und sagt *Jetzt ist früher.* Man muss sich ja nur mal vorstellen, das würde wirklich funktionieren, *früher* muss ja nicht Bombenkrieg bedeuten, es könnte auch etwas anderes sein, Opas Hochzeitstag oder die schönste Sommerwoche des Jahres 1956, oder es könnte auch sein, dass jemand *Jetzt ist morgen* ruft, und man bekommt plötzlich eine Vorstellung der Zukunft, von Silvester 2038 vielleicht oder solche Sachen, wäre das nicht interessant?

Früher ist jetzt. Morgen ist gestern. Heute ist einst.

Man muss es ja nicht machen, aber als Möglichkeit – immerhin!

In Sprachland geht's!

ZAHLEN

Leser W. aus Staufen berichtete mir von einer Äußerung seines damals vierjährigen Sohnes, der plötzlich, wie aus dem Nichts sagte: *Es gibt gerade und gebogene Zahlen.*

Da haben wir es!

Was?

Folgendes: Jeder Mathematiker, ja, schon jeder Rechenlehrer wird uns etwas über gerade und ungerade Zahlen erzählen können. Von den gebogenen Zahlen indes weiß er nichts. Wir wissen *alle* nichts darüber, weil Sprachland gerade erst richtig entdeckt wird.

In der traditionellen Mathematik sind die *geraden* Zahlen jene, die ohne Rest durch zwei teilbar sind, alle anderen Zahlen nennt man *ungerade*. 2 und 4 und 6 und 8 sind zum Beispiel gerade, 1 und 3 und 5 und 7 ungerade. In Sprachland aber werden die Zahlen nach anderen Kategorien geordnet, *gerade* und gebogen eben.

Eine 1 zum Beispiel ist eine kerzengerade Zahl, auch eine 4 und eine 11.

Aber es überwiegen ganz klar die gebogenen Zahlen, schon die 0 ist ja komplett gebogen, auch die 3 und die 8, herrlich gebogen sind sie.

Bei der 2 und der 7 könnte man sagen: Es sind Mischformen, teils bestehen sie aus geraden Strichen, teils aus gebogenen Linien. Ob es aber solche Mischformen wirk- 41 lich gibt, also quasi geradegebogene Zahlen – ich weiß es nicht, dazu kenne ich mich noch nicht gut genug aus. Ich müsste den Sohn meines Lesers W., fragen, der ist ja inzwischen auch älter und größer.

Vielleicht weiß er nun noch mehr?

Einmal ist es mir gelungen (auf dem Bahnhof von Andernach war das), eine komplette Zuglieferung gebogener Zahlen zu fotografieren, sie kamen gerade aus der Nullenfabrik, vermute ich. Wohin es mit ihnen gehen sollte, konnte ich nie in Erfahrung bringen. Vielleicht zur Zentralbank?

Vokabeln

TEHATA

Ich hatte in Nienburg an der Weser zu tun, im Theater, um genau zu sein, stieg am Bahnhof in ein Taxi und nannte mein Ziel.

Isskla, Scheff, Tehata, sagte der Fahrer, der ganz klar ein Sprachländer war.

Ja, genau, zum Theaaaaterrrr also, sagte ich, damit er mich nicht falsch verstünde.

Isskla, Scheff, Tehata.

Und so fuhren wir denn.

Und kamen auch an. Ich bezahlte, bekam meine Quittung. Auf der stand, handgeschrieben, *Bahnhof – Tehata,* also die Fahrtstrecke.

Dieses Wort Tehata habe ich seitdem in meinen Sprachschatz übernommen, es klingt einfach so schön. Man muss es ein bisschen hauchen, die beiden letzten Silben einfach nur aus dem vorderen Mundraum heraussprechen, dann klingt es am besten.

Sprechen Sie mir nach!

Mach doch nicht so ein Te-hata!

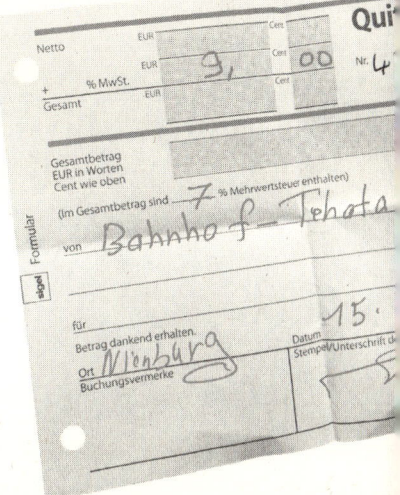

Ich habe später nachgeschaut und entdeckt, dass es im indischen Bundesstaat Westbengalen eine Stadt namens *Tehatta* gibt, die manchmal auch *Tehata* geschrieben wird. Sie hat (Stand allerdings 2011) 21.093 Einwohner, vier Schulen und ein *Government College*. Ich konnte nicht herausfinden, ob es in *Tehatta* ein *Tehata* gibt, aber ich versichere Ihnen: Nienburg an der Weser hat eines.

ESSEN

Eines Tages fiel mir beim Stöbern in der Post vieler Jahre das Bild einer Speisekarte in die Hand, darauf das Gericht Nummer 29 mit dem Titel *Der* Konzernüberschuss *»Meunière«*.

Das fand ich interessant.

Ich glaube, dass in den besten Restaurants der Welt schon einige Konzernüberschüsse verfressen worden sind. Andererseits muss man wohl sagen: Die Überschüsse vieler Konzerne waren in den vergangenen Jahrzehnten oft so hoch, dass sie selbst von den gierigsten Schlünden kaum in einem Restaurant aufzuzehren waren.

Was mich faszinierte, war aber nun, dass der Überschuss *als solcher* auf der Karte stand – und zwar à la Meunière, also nach Müllerinart, in Mehl gewendet, in Butter gebraten, mit Zitrone, Petersilie und brauner Mandelbutter serviert. Wie ist es möglich, dass etwas eigentlich Abstraktes wie ein Überschuss derart konkret und fein zubereitet werden kann?

Zunächst muss man sagen: Das Gericht heißt im Englischen *»Meunière« Grouper steak*, das ist ganz einfach ein *Zackenbarschsteak auf Müllerinart*. Nun liegt der Gedanke nahe, dass sich hier beim Übersetzen ein Fehler eingeschlichen haben könnte, das englische *group* ist ja tatsächlich im Deutschen der *Konzern*. Aber der

Überschuss ist in der Vokabel *steak* beim besten Willen nicht zu entdecken.

Es bleibt ein Rätsel.

Es sei denn ...

Es sei denn, man entschlösse sich, es als Tatsache zu nehmen, dass hier tatsächlich einfach Konzernüberschüsse gebraten beziehungsweise verbraten werden.

Dann wäre alles klar.

Und so wollen wir es halten.

Zumal ich von vielen anderen Speisekarten in dieser Haltung bestätigt worden bin. Zum Beispiel trage ich seit vielen Jahren eine Karte des Restaurants *Fontana d'Oro* in Como mit mir herum. Jemand steckte sie mir einst nach einer Lesung zu, und ich halte sie stets gerne in meiner Tasche bereit, um darin zu lesen und daraus zu zitieren. Sie ist kleinformatig und in vier Sprachen gehalten: Italienisch (das ist die Ausgangssprache), Englisch, Französisch – und, ja, also: Deutsch.

MENÜ PROPOSAL	*PROPOSITION DE MENUE*	*MENÜANTRAG*
Raw Oysters	*Huîtres crues*	*Rohe Austern*
Pickled Sword-Fish	*Espadon marinée*	*Schwertfisch in Essig*
with pink pepper	*avec rose poivre*	*eingelegte mit rosa Pfeffer*
Drowned "Moscardini"	*Petit Seiches noyées*	*Kleine Kopffüßer ertranken*
(little cuttle fish)	*Moules au gratin*	*Miesmuschel au gratin*
Mussels au gratin	*"Capesante" au gratin*	*"Capesante" au gration*
"Capesante" au gratin	*Souté des Moules*	*Souté von Miesmuschel*
Soutè of Mussels	*Composé:*	*Mittel:*
Compound:	*"Penne" avec pulpe de crab*	*"Penne" mit*
"Penne" with crab pulp	*"Risotto" avec fruits de mer*	*Befestigung klammermasse*
"Risotto" with sea-fruits	***	*"Risotto" mit Meer- Obst*
***		***
Grilled fish	*Poissons grillés*	*Fischen grill*
Fried fish	*Poissons frits*	*Gebratenen Fische*
Mixed vegetables	*Garnizure de lègumes*	*Mischgemüse*
***	***	***
Lemon soft ice-cream	*Sorbet au limon*	*Zitroneeiscreme*
***	***	***
Coffee	*Café*	*Kaffee*

Über den Speisen steht im Italienischen *Proposta Menù*, im Englischen *Menü Proposal*, im Französischen *Proposition de Menue* (alles nicht so ganz richtig, aber darum geht es hier nicht).

Und im Deutschen?

Menüantrag.

Was mir sehr gefällt!

Dass nämlich der Übersetzer bei seiner Tätigkeit nicht nur einfach übersetzt hat, sondern versuchte, auch gleich noch den jeweiligen Nationalcharakter mit zu erfassen – das mag ich. In allen Sprachen wird ja dem Gast ein Vorschlag gemacht, *una proposta, a proposal, une proposition*.

Nur im Deutschen muss er einen Antrag stellen.

Unter den zu beantragenden Gerichten findet sich nun zum Beispiel eines, das heißt: *Kleine Kopffüßer ertranken.*

Im Italienischen sind das, so steht es auf der Karte, *Moscardini affogati. Moscardini* sind tatsächlich kleine Tintenfischlein, sie gehören zur zoologischen Klasse der Kopffüßer. Und *affogato* ist das italienische Wort für ertrunken. Korrekt übersetzt müsste das Gericht also *Ertrunkene kleine Kopffüßer* heißen, aber *Kleine Kopffüßer ertranken* klingt irgendwie dramatischer. Es macht neugieriger. Das war dem Wirt wohl wichtig.

Im Übrigen: *Moscardini affogati*, das ist ein ziemlich bekanntes Gericht in Italien. Die kleinen Kraken schmurgeln in einer Tomatensauce. Das *ertrunken* ist sprachbildlich gemeint, ein *Affogato al caffè* ist zum Beispiel ein Espresso mit einer Kugel Vanilleeis drin, der man beim Ertrinken zusehen kann, wenn man so was mag.

Eigentlich ist es ja praktisch eine Klimakatastrophe in der Tasse.

Schwieriger wird es, wenn wir in der *Fontana d'Oro* das Gericht »Penne« mit *Befestigung klammermasse* entdecken, im Italienischen: *Penne alla polpa di granchio*, das sind eigentlich *Penne mit Krabbenfleisch*. Im Grunde also alles sehr einfach. Bloß muss man wissen, dass Speisekartenübersetzer eigentlich immer zunächst ins Englische übersetzen. Dort wird aus *polpa* der *pulp*. Das ist zwar immer noch die Fleischmasse in der Krabbenschale, aber eben auch jede beliebige andere Masse, eine Paste oder ein Püree. Und *Pulp fiction* ist die Schundliteratur (außerdem ein berühmter Film von Quentin Tarantino).

So kann man die *klammermasse* vielleicht erklären: *Granchio* ist ja ein Krebs. Von seinen Greifarmen her rührt wohl das Wort *klammer,* und von der *polpa* kommt man über *pulp* zur *Masse*. Also ist *polpa di granchio* eben die *klammermasse*.

Andererseits gibt es das Wort im Deutschen nun mal nicht. Ich habe mal von *Klammermaßen* in der Geometrie gehört. Aber *klammermasse*? Nein.

Und woher die *Befestigung* vor der *klammermasse* kommt, bleibt ein Rätsel. Vielleicht hat der Übersetzer einfach nicht mehr weitergewusst und ein deutsches Wort erfunden, nach dem Motto: Der Wirt hat eh keine Ahnung, der merkt das nicht.

Jedenfalls: Riefe mich meine Frau im Büro an und fragte, ob ich zum Abendessen noch etwas *Befestigung klammermasse* mitbringen könnte, ich würde wohl nicht zum Italiener gehen.

Eher in den Baumarkt.

Befestigung klammermasse, das macht einem, rein gedanklich, ein Mundgefühl von – Gips, oder? *Moltofill*. Spachtelmasse. Und wenn man das schöne Wort *spachteln* für *essen* verwendet, dann …

So ist es immer: Man kann gewisse Dinge erklären, aber nicht alle. Ich finde das gut. Man soll nicht alles verstehen. Etwas in der Welt muss uns ein Rätsel bleiben, sonst schlaffen wir ab, setzen uns zur Ruhe, verlieren die Energie, die mit der Suche nach Aufklärung, Lösung von Rätseln, Klärung von Unklarem verbunden ist.

Das Rätselhafte hält die Spannung in den Menschen aufrecht.

Beim *antipasto del mulattiere* zum Beispiel ist es ganz leicht herauszubekommen, worum es geht.

Il mulattiere ist der Maultiertreiber, ein *antipasto del mulattiere* also eine Vorspeise nach Art des Maultiertreibers, was immer das sein mag. *La mulattiera* aber ist *der Saumpfad* und damit natürlich *der Maultierpfad* oder *der Reitweg*. Der Plural dieses Wortes lautet *le mulattiere*. Sodass dieses Voressen auf der Speisekarte im Französischen *(muletier)* zwar noch nach dem Maultiertreiber benannt ist, im Englischen *(bridleway)* aber schon nach den Reitwegen – und im Deutschen dann erst recht.

Da heißt der *antipasto del mulattiere* nämlich *Vorspeise von Reitwegen*. Obwohl das korrekt eigentlich *antipasto delle mulattiere* wären.

Wobei man natürlich nun keineswegs mehr wissen möchte, woraus eine solche Vorspeise bestehen könnte. Vermutlich ist das eher etwas für Mistkäfer.

Ortigas de mar
Seeanemonen

Pulpo a la gallega
Galizischen Krake

Navajas a la plancha
Gegrillte Rasierer

Almejas finas
Venusmuschel

Kurz zum Spanischen: Wenn wir dort auf einer Karte Gegrillte Rasierer entdecken, so mag uns das zunächst auf Äußerste befremden, die Sache ist aber schnell geklärt. *Navajas a la plancha* sind *Schwertmuscheln vom Grill*, denn *la navaja* ist *die Schwertmuschel* – einerseits. Andererseits ist *la navaja* auch *das Taschenmesser* und *navaja de afeitar* ein *Rasiermesser*. So kommen wir zu den *gegrillten Rasierern*.

Nebenbei gesagt, ist *la navaja,* soweit ich weiß, auch *das Lästermaul* (*Schwertgosch* nennt ja auch der Schwabe ein flinkes Mundwerk, die *Schwertmuschel* liegt also nahe). Da sind wir also den *gegrillten Lästermäulern* nur sehr knapp entgangen ...

So geht das immer wieder.

Schmetterlinge mit zerstossen Wut? Ich vermute, das sind *Farfalle con pesto arrabiato*, denn die *Farfalle* sind eine Nudelart, der Begriff bezeichnet aber auch die Schmetterlinge (die Nudeln haben ja die Form von Schmetterlingen). Das Verb *zerstoßen* ist übersetzt *pestare* mit dem Partizip *pestato,* das zu *pesto* verkürzt wurde. Und *la rabbia* ist die Wut, *arrabiato* ist man, wenn man wütend ist. Aber ein scharfes Pesto (also etwas Zerstoßenes wie zum Beispiel Basilikum, getrocknete Tomaten oder Nüsse) ist eben auch ein *pesto arrabiato*.

Kugelschreiber mit Knoblauch und Schmierol? Das sind sicher *Penne aglio e olio*. Der Reihe nach: *Penne* sind wiederum Nudeln, *la penna* (mit dem Plural *le penne*) aber auch der Kugelschreiber. *Aglio* ist Knoblauch, *olio* sowohl Speiseöl als auch Schmieröl.

Man sollte sich aber gut überlegen, welches von beiden man zum Kochen nehmen will.

Pasta Integral mit Sosse Sahne Chorhemd? Das müssen Vollkornnudeln mit einer Sahnesoße sein, *salsa di panna cotta* wäre die Soße aus gekochter Sahne. *Cotta* heißt *gekocht*, ist aber auch *das weiße Chorhemd*, jenes liturgische Gewand, das römisch-katholische und anglikanische Priester über der Soutane tragen, auch Ministranten über dem Talar.

Ob man es aber in der Küche tragen sollte?

Wir verlassen nun den Bereich des Erklärbaren, mit einiger Mühe Verständlichen, des irgendwie noch Sinnvollen – und kommen zu etwas Neuem, Unbekanntem.

Wir nähern uns Sprachland.

Denn ich kann zwar noch halbwegs erläutern, wie man von den *Gnocchetti ai Frutti di Mare* zur *kartoffelnodel mit obstbaum* kommt. Irgendwer muss da halt bei den *Frutti di Mare*, den Meeresfrüchten, das Meer vergessen haben und von den übrig gebliebenen Früchten direkt zum Obstbaum gekommen sein.

Es ist, anderes Beispiel, auch noch möglich, den Weg von den *Maltagliati agli Scampetti Freschi*, den *Maltagliati*-Nudeln mit frischen kleinen Scampi, zu den *maltagliati with escape* zu finden. Denn das Verb *scampare* heißt *entkommen*, da ist man also, von den *Scampi* kommend, schnell bei *escape*, der Flucht.

Aber *maltagliati mit hammer*? Wie es da auf einer Karte steht?

Keine Ahnung. Die Nudeln müssen schon sehr *al dente* sein, wenn man einen Hammer zum Essen braucht. Und *meereschfruchte, meeresfuchte, scheilfisch, venusmushein*? All diese schönen Wörter auf der Karte, die hier vor mir liegt – wie kommt man auf sie? Es wäre doch so leicht, das jeweils richtige zu finden, heutzutage. Es gibt das Internet, es gibt Wörterbücher, Nachschlagewerke.

Warum?

Ach, lassen wir es.

Es ist schön, einfach schön.

Es ist Sprachland.

Wo beginnt dieses Land?

Ich kann Ihnen den Grenzübergang genau bezeichnen, damit Sie ihn finden.

Er befindet sich auf der Speisekarte der Taverne *La Posadilla* in Andalusien.

Dort finden wir viele Gerichte unter der Überschrift *Mittelteile und große Kälte* versammelt. Das ist ein ganz wunderbarer Titel, es könnte sich dabei auch um ein Buch von Peter Handke handeln, zum Beispiel. In der Ausgangssprache, dem Spanischen, sind das *Medias y Raciónes frias*, worunter *Kalte Gerichte in halben und ganzen Portionen* zu verstehen sind. Im Englischen ist das auch noch ungefähr erkennbar: *Medium and Large cold portions*.

Im Französischen heißt es aber schon *Demi-Portions et Grand Froid*, wobei mir besonders dieses *Grand Froid* gefällt, *die Große Kälte*. Das könnte auch eine Erd-Epoche sein (»Es geschah im *Grand Froid,* alle Dinosaurier erfroren auf der Stelle«) oder ein Einrichtungsstil wie das *Empire* (»Ich habe mein Wohnzimmer im *Grand Froid-*Stil eingerichtet«).

Am Ende landen wir dann bei den *Mittelteilen* und *der großen Kälte.*

Ist doch wunderbar.

Später taucht hier ein Gericht auf, das *Skillet Großmutter* heißt. Ich las flüchtig *Skelett Großmutter* und dachte, das sei so eine Nebenbei-Speise, etwas zum Knabbern vielleicht. Ich war schon abgehärtet, vorher stand auf der Karte *Milch Welpen,* dann auch noch *Ausgehärtete Schweinelende.* (Dafür, dachte ich kurz, muss man ja nicht nach Andalusien reisen, die gibt es auch in vielen deutschen Gaststätten: wirklich gut ausgehärtete Schweinelende.)

Später meldete sich bei mir aber Herr K., der am Sprachenzentrum der Universität Augsburg arbeitet. Er hatte bei einer Lesung gehört, wie ich vom *Skelett Großmutter* erzählte, und wollte das Rezept wissen, aus rein sprachwissenschaftlichem Interesse, versteht sich. Ich sah nach, entdeckte *Skillet Großmutter* und konnte die Sache klären.

Ich schrieb Herrn K.: »Schaut man aber nach, wie das Gericht auf Spanisch heißt, entdeckt man: *Sartén de la abuela. Sartén* ist, das wissen Sie besser als ich, *die Pfanne,* und korrekterweise heißt das Gericht auf der Karte in Englisch dann auch wirklich *Grandmother's pan.* Im Englischen gibt es aber eine zweite Bedeutung für *Sartén* oder eben *die Pfanne,* das ist: *skillet.* Und seltsamerweise ist dieses Wort bei der Übertragung ins Deut sche einfach stehen geblieben. Man muss dazu wissen, dass Übersetzungsmaschinen, soweit ich weiß, nicht direkt vom Spanischen ins Deutsche übersetzen, sondern auf dem Umweg über das Englische. Und so ist *Skillet* vermutlich ins Deutsche gekommen.«

Soweit also das Erklärbare.

Wir kommen an die erwähnte Grenze, die zum Unerklärlichen.

Wir betreten Sprachland.

Denn auf der Karte gibt es auch etwas zu bestellen und dann zu essen, das heißt: *Herzeleid Meer in rosa Sauce*. Im Spanischen sind das *Boquitas de mar in salsa rosa* – und nie habe ich eine Erklärung gefunden, wie man von diesem Gericht, es handelt sich um einen Salat mit Krebsfleisch, zu Herzeleid Meer *in rosa Sauce* kommt.

Es war mir auch irgendwann egal.

Ich habe mich einfach gefreut, dass man, passend vielleicht zu einem großen Liebeskummer oder sonstigem emotionalen Leiden, etwas zu essen bestellen kann. Ich stellte mir vor, wie Menschen sich schluchzend in den Armen liegen und nebenbei *Herzeleid* löffeln, wie sie den Wirt rufen und noch eine Schüssel *Herzeleid* verlangen.

Und wie der Wirt es weinend serviert.

Nun sind wir im Unerklärlichen. Und es geht weiter, noch sehr viel weiter, Speisekarte um Speisekarte um Speisekarte ...

Ich habe keine Erklärung, wie man *fünf knusprige Topf Aufkleber mit einem traditionellen Boden-Schweine-Gemisch mit einer* servieren kann. Es ist mir ein Rätsel, was unter *Wir werfen gehackte Lacinato Grünkohl mit asia-*

tische Birne Streichhölzer, zerkleinert zu verstehen ist. Ich verstehe nicht, wie man *Garnelen und Shrimps mit einer Lötlampe* brät. Ich könnte mir noch vorstellen, eine *Caprihose* zu braten – aber wie esse ich sie? Und was ist unter einer *Rundbohnentaschenlampe* zu verstehen, als Lebensmittel, meine ich? Und wie kaue ich *Kleiderbügel gefüllt mit gegrilltem Käse und Schinken*, die in Kroatien im Angebot waren?

All diese Dinge finden sich exakt und genau so auf Speisekarten aus aller Welt, die mir vorliegen.

In Sprachland sind das Selbstverständlichkeiten: wird gekocht, kommt auf den Tisch, man isst es. Ja, auf der Karte eines japanischen Lokals fand sich *Gesokara*, das sind normalerweise frittierte Tintenfischtentakel, *fried octopus* hieß das im Englischen.

Aber dann, aber dann: *frittierte Oktopuste*, ist das nicht ungeheuer?

Dass man den Atem eines Meerestieres einfängt, in sprudelndem Fett zubereitet und isst? Es raubt mir selbst meine Menschenpuste: So etwas ist möglich. Und dass – ja, es wird noch großartiger! – in einem Restaurant auf Madeira, das zu Portugal gehört, *Bolo do Caco* angeboten wurde. *Bolo* heißt eigentlich *Kuchen*, aber es handelt sich eher um ein kreisrundes Brot aus einer Mischung aus Süßkartoffeln und Weizen, auf einer kreisförmigen Platte, dem *caco*, in einem Holzofen gebacken. Dieses Brot kann man mit allem Möglichen füllen. In unserem Restaurant tat man Salat hinein, auch Thunfisch oder ein Omelett, am Schluss der Karte aber auch *Freuden des Meeres* und, nun kommt's, *Sprache Kuh*.

Das ist noch einmal eine Steigerung zur *Oktopuste*, nicht wahr? Man erinnert sich an Doktor Dolittle, der die Sprache der Tiere verstand und sprach, aber dass man die *Sprache der Kuh* nicht bloß hören und interpretieren, sondern auch in ein Brot füllen und essen kann, *das* gibt es natürlich nur in Sprachland, nirgendwo sonst.

Und nur hier finden wir auf der Empfehlungsliste eines Steaklokals 250 Gramm *Top Blade – geschälter Stock saftiges und zartes geschältes Plexiglas.* Muss man nur lange genug braten. Oder kochen. Dann geht's schon.

Notfalls gibt es einen Hammer dazu, siehe oben, die *Maltagliati mit Hammer*, Sie erinnern sich?

Aber wie isst man Gummifrikadellen, die in Worms angeboten werden. Direkt unter dem Schild einer Möbelreklame hing da ein kleineres mit folgender Aufschrift:

Inegöl Köftecisi şirinler Gummifrikadellen.

Eine Kollegin, deren Vorfahren in der Türkei lebten, schrieb mir dazu: »*Köfteci* ist der ›Köftemacher‹. *Köfte* sind quasi türkische Fleischpflanzerl, Frikadellen etc. *Inegöl* ist eine Stadt. In der Türkei gibt es ganz viele Köfte-Varianten und der macht wohl die Variante aus Inegöl. Also der ›Inegöl-Köftemacher‹. Die zeichnet sich dadurch aus, dass sie kaum gewürzt ist, nur mit Zwiebeln. Das Fleisch ist sehr fein gewolft, es kommt Backpulver rein, Semmelbrösel oder aufgeweichtes Brot kommt meistens nicht in diese Köfte, deshalb ist die Konsistenz dann ein bisschen gummiartig. Und *şirinler,* also das, was vor ›Gummifrikadellen‹ steht, bedeutet ›die Niedlichen‹. *Şirinler* werden in der Türkei auch die Schlümpfe genannt.«

Das hätten wir also.

Und wenn wir gerade bei Frikadellen sind: Frau B. entdeckte in der Türkei einmal ein Gericht namens *Mädchen und Knödel,* in der Landessprache hieß es *Analı Kızlı Köfte,* was *Mütter und Töchter Fleischbällchen* heißt, ein schöner Name, aber die Türken haben für viele ihrer Gerichte tolle Namen, ich erinnere nur an *Der Imam fiel in Ohnmacht* oder *Dem Sultan gefällt's.* Die großen Bällchen stehen hier für die Mutter *(Ana),* die darin enthaltenen kleinen Bulgurkugeln für das Mädchen bzw. die Tochter *(Kız).* Beim Übersetzen sind dann die Mütter einfach verschwunden. Und auf einem Hotelbuffet in Side an der türkischen Riviera fand sich einmal die *Schmerzen Frikadelle,* das waren im Türkischen *Tekila Aromali Acılı Köfte,* was mir ein liebenswürdiger Türkisch sprechen-

westfalia möbel

Worms, Klosterstr. 40

İNEGÖL KÖFTECISI
Şirinler Gummifrikadellen

der Kollege als *Scharfe Köfte mit Tequila-Aroma* übersetzte, wozu er aber gleichzeitig anmerkte, *acılı* heiße nicht nur *scharf*, sondern auch *in Trauer*, daher kämen wohl die *Schmerzen*.

Vielleicht aber auch von der Schärfe.

Oder vom Hammer.

Lyrik ohne Absicht

Mittags im Schnellimbiss

Bestellung seine Exzellenz machen
In der Kasse(Kasten)
Dann dient man zu Ihnen,
Hat Gerechnet
Danke

Aushang an einem Schnellimbiss
in Carcassonne 2015

FAUNA

Leser N. schrieb mir aus Frankfurt am Main, er habe in der Zeit, in der das Corona-Virus unser Leben in großen Teilen lahmlegte, regelmäßige Wald-Exkursionen mit seinem dreijährigen Sohn gemacht. Nach einem dieser Streifzüge habe er vor dem Einschlafen den Ausflug mit dem Kleinen noch einmal Revue passieren lassen und ihn dann gefragt, was das schönste Erlebnis dort im Wald gewesen sei. Zielsicher habe der Sohn geantwortet:

»Der Eichelhecht!«

N. schrieb: »Ob er damit nun einen Eichelhäher oder gar einen Fisch in einem der den Wald durchziehenden Gewässer meinte, konnte nicht mehr abschließend geklärt werden, da der Schlaf ihn übermannte und er das Geheimnis mit in seinen Traumwald nahm. Das fabelhafte Wesen beschäftigt mich seitdem jedoch immer wieder und ich freue mich schon auf den Moment, wenn wir es wieder zu Gesicht bekommen.«

Für mich ist der Eichelhecht so eine Art Wappentier Sprachlands geworden. Denn es gibt ja viele Fabelwesen, vom Greif bis zum Wolpertinger, vom Basilisken bis zum Lindwurm. Aber es ist doch schöner, wenn man sozusagen sein persönliches Phantasiewesen hat und es mit niemandem teilen muss, ein Tier, das nur einem selbst zu eigen ist, so wie der Eichelhecht N.s Sohn gehört.

Wobei übrigens eine Mischung aus Vogel und Fisch nicht ganz so selten ist, wie man angesichts der unterschiedlichen Lebenssphären meinen möchte, der Pinguin ist ja nur ein Beispiel dafür, wie nahe sich die Tiere aus den eigentlich verschiedensten Ecken der Fauna kommen können. Hier ist ein anderes, *das Fischhuhn* nämlich, von Leser H. in der Böhmischen Schweiz in Tschechien aufgetrieben: *1 St. Fischsalat vom Huhn, Brot* gab es da. Er fand allerdings: »Bei allem Verständnis für die Nöte eines Binnenlandes, in dem zumindest Seefisch sicherlich Mangelware ist – das geht mir dann doch zu weit.«

---

1 St. Fischsalat vom Huhn, Brot 68 Kč
Hähnchenschenkel, Essig, Sauce Tartar, Majolka, Gurken, Senf, Zwiebel

---

Das geht zu weit?

Dann sollte sich unser Blick nach Port d'Alcúdia auf Mallorca richten, wo sich im Restaurant *Bellavista* unter der Rubrik *Ausgewählten Gerichte aus frischem Fisch* sowohl *Hüherbrust* als auch *Entrecotte* als auch *Saugendes lamm* fanden. Herr O. bilanzierte das nüchtern mit den Worten: »Aus Fisch machen die hier einfach alles.«

Mindestens genauso verblüffend ist dann jenes Mischwesen, das sich auf einer weiteren Karte fand: der *Ochsenschwan*, der dort zu einer offenbar reichhaltigen Suppe verarbeitet worden war, der Ochsenschwansuppe. Der Ochsenschwan muss einfach ein ungeheures Tier sein. Schon die Schwäne an sich zählen ja zu den größten und schwersten flugfähigen Wasservögeln. Aber die Vorstellung eines ochsengroßen Schwans, der sich mühsam von der Wasseroberfläche erhebt, um über unseren Häuptern dahinzusegeln, die Sonne verdunkelnd, auch den Seeadler und den Albatros quasi in den Schatten stellend, das ...

Es raubt einem die Luft, nicht wahr, diese Vorstellung? Zumal sich auf *de.recidemia.com* (einer Internetseite, von der hier bald noch mehr zu lesen sein wird) auch noch ein Rezept für *Amerikanische Büffelflügel* findet (»Backen Sie 45 Minuten lang oder bis kochte dadurch, Prügel häufig«), ja, mögen überall sonst in der Welt die Saurier ausgestorben sein, hier in Sprachland haben wir Flugbüffel und Ochsenschwäne, und es gibt Tage, da liegen wir einfach stundenlang auf den Wiesen, in den Himmel blickend, wo sie ihre Kreise ziehen, sich dann zu Schwärmen formierend, und wir variieren Trakls Zeilen aus seinem berühmten Gedicht *Verfall*:

> *Am Abend, wenn die Glocken Frieden läuten,*
> *Folg ich der Büffel wundervollen Flügen,*
> *Die lang geschart, gleich frommen Pilgerzügen*
> *Entschwinden in den herbstlich klaren Weiten.*

Apropos Pilgerzüge.

Leserin U. erzählte mir brieflich einmal von einer Geschichte, die ihr von einem Kollegen berichtet worden war. Der war mit seinem kleinen Sohn am ersten Wiesn-Sonntag in die Münchner Innenstadt spaziert, um sich den Trachtenumzug anzuschauen, ein prächtiges

Spektakel, das an diesem Tag besonders schön zu werden versprach. Denn es war herrliches Wetter, und so marschierten die bayerischen Trachtenvereine nacheinander so farben- wie lebensfroh durch die Straßen, großartig.

Doch irgendwann meldete sich der kleine Sohn, dessen Gesicht einen immer mehr enttäuschten Ausdruck angenommen hatte, mit der Frage:

Papa, wo bleiben denn die Drachen?

Ja, ein *Drachenumzug*, das wäre natürlich eine noch viel größere Attraktion für das Oktoberfest! Aber es gibt ihn nicht, oder besser: Natürlich gibt es ihn.

Aber nicht in München.

Sondern in Sprachland.

Nun aber zu Herrn U. aus Menden, mit dem ich schon lange immer wieder mal korrespondiere.

Er meldete sich eines Tages aus Triest mit einer anderen sehr aufregenden zoologischen Entdeckung, der des *Wortfischs* nämlich. Ganz en passant tauchte er dort auf einer Speisekarte auf, zwischen Lachs und Büffelmozzarella: ein *Wortfisch*, der vielleicht mal ein *Schwertfisch*, ein *pesce spada* also im Italienischen oder eben *Swordfish* im Englischen gewesen sein mag? Wie der Eichelhecht möglicherweise ein Eichelhäher war, es nun aber eben nicht mehr ist? Und wie auch der *Tinderfisch*, der sich ganz plötzlich eines Tages aus einem italienischen Menü heraus evolutionierte, möglicherweise vom Tintenfisch abstammt, aber nun etwas ganz Besonderes und Neues geworden ist? Ein Meereswesen, das in seiner promisken, hoch aktiven und wenig wählerischen Sexualität den Delphinen ebenso nahe ist wie den Bonobo-Affen.

Jedenfalls konnte man auf jener Menüliste *Cozze all'inferno con polpo* bestellen, also äußerst scharf gewürzte Miesmuscheln mit Tintenfisch, aber daraus waren eben beim Übersetzen *Muscheln in der Hölle mit Tinderfisch* geworden.

Es muss – das ergibt sich aus dem Text – entsetzlich sein, wenn eine Miesmuschel dem sexuellen Belieben des Tinderfischs unterworfen ist.

Dieser Tinderfisch hat eine selbstständige Existenz gewonnen, er ist etwas Eigenes geworden – und bleibt doch rätselhaft. Wie überhaupt das Rätsel letztlich der Kern Sprachlands ist, so wie wir es in der Mail des Ehepaars G. finden, das mir berichtete, wie Herr G. als Kind einmal einen blinden Mann sah, der von einem Hund begleitet wurde. Erwachsene erklärten dem kleinen G., es handele sich um einen *Blindenhund,* was indes bei G. neue Fragen aufwarf: Warum wird ein blinder Mann auch noch mit einem *blinden Hund* ausgestattet?

Auch von jener unbekannten Leserin müssen wir an dieser Stelle sprechen, die mir auf einem Zettel ihre Version des berühmten Adventsliedes *Tochter Zion, freue*

① Toter Zieh hund
freue dich
(Melodie am Händel, Messiah)

dich hinterließ. Weil sie als Kind keinen blassen Schimmer hatte, wer Zion war und wer dessen Tochter hätte sein können, verstand sie *Toter Ziehhund, freue dich.* In ihren Vorstellungen tauchte das Bild eines jener robusten Riesenhunde auf, die früher Metzgerkarren zogen, der Rottweiler ist ja so einer: In der baden-württembergischen Stadt Rottweil, einst ein Zentrum des Viehhandels, ließ man das Vieh von solchen Hunden bewachen und treiben und außerdem noch den Wagen des Metzgers ziehen.

Wobei sich später eine andere Leserin mit einer weiteren Variante des Liedes meldete: *Toter Zierhund, freue dich.* Ein *Zierhund* dürfte indes das exakte Gegenteil eines *Ziehhundes* sein, ein eher schmächtiger Vierbeiner nach Pekinesen-Art vielleicht, möglicherweise auch ein künstlicher Wackeldackel, wie man sie früher im Auto auf der Heckablage beherbergte: Ihre Köpfe schaukelten während der Fahrt wie die Schädel traumatisierter Eisbären, rein zu Zierzwecken, wozu sonst?

Tochter Zion, freue dich ist ja ein Text des Theologen Friedrich Heinrich Ranke zur Musik von Georg Friedrich Händel. Es heißt da:

Tochter Zion, freue dich, jauchze laut, Jerusalem!
Sieh, dein König kommt zu dir, ja, er kommt, der
Friedefürst.

Und so ist offensichtlich auch für tote Zieh- und Zierhunde nach dem Ableben Platz im Reich des Friedefürsten, jauchzend ziehen sie dorthin, befreit von Viehkarren und aus unseren Pkws.

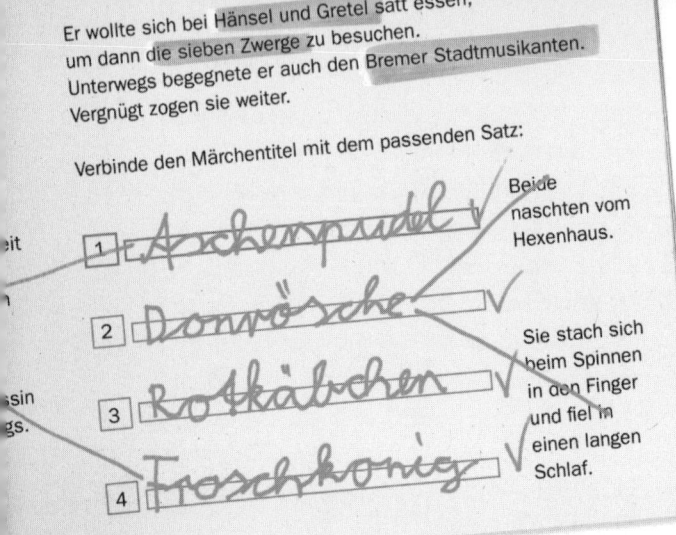

Er wollte sich bei Hänsel und Gretel satt essen, um dann die sieben Zwerge zu besuchen. Unterwegs begegnete er auch den Bremer Stadtmusikanten. Vergnügt zogen sie weiter.

Verbinde den Märchentitel mit dem passenden Satz:

1. Aschenpudel — Beide naschten vom Hexenhaus.

2. Dornröschen

3. Rotkäbchen — Sie stach sich beim Spinnen in den Finger und fiel in einen langen Schlaf.

4. Froschkönig

Wenn wir gerade von Hunden reden, darf der Aschenpudel nicht unerwähnt bleiben, den eine Lehrerin bei der Korrektur der Hausaufgaben entdeckte.

Könnte es gar sein, dass hier ein Tier, wie Phönix aus der Asche, sich aus Verbranntem erhebt?

Der Phönix ist in der antiken Mythologie ein Vogel, der am Ende seines Lebens verbrennt oder doch jedenfalls stirbt, um sich dann in der Morgenröte wieder zu erheben, eine jedenfalls in unseren Redensarten bis heute sehr langlebige Vorstellung. Sie findet sich noch an so entlegenen Stellen wie einer *Fußball-Woche* aus dem Jahr 2013. Da wird über die Meisterschaft in der 3. Abteilung der Kreisliga A des Berliner Fußballs berichtet, in souveräner Weise errungen von der SG Blankenburg, die, so las man, noch ein Jahr zuvor »dem Abstieg so gerade eben noch von der Schippe sprang«. Nun konnte die *FuWo* (Leiblektüre jedes echten Berliner Fußballfreundes) berichten: »Die Blankenburger schrieben ein kleines Fußballmärchen, stiegen beinahe empor wie Phönix aus der Asche.« (Asche, die noch ein Jahr zuvor, um im Jargon zu bleiben, auf der Abstiegsschippe gelegen hatte!)

Aus solcher Asche heraus erstand zum Beispiel auch das 1774 dem Feuer zum Opfer gefallene *Teatro San Benedetto* in Venedig wieder, es wurde später neu erbaut, 1792 eröffnet und *La Fenice* genannt, *der Phönix*, eines der berühmtesten Theater der Welt. (1996 brannte es dann wieder ab, 2003 wurde es abermals eröffnet, *La Fenice* heißt es weiterhin, zu Recht, sehr zu Recht.)

Das wäre nun natürlich etwas in der Göttergeschichte der Menschheit ganz Neues, wenn die Einwohner Sprachlands einen göttlichen Pudel verehrten, der jeden Abend zu Asche zerfällt, um sich des Morgens aus einem im Staub enthaltenen Pudelkern heraus wieder neu zu verkörpern.

Oder ist der Aschenpudel einfach nur eine Pudelvariante, aschgrau neben apricotfarbenen, weißen und pechschwarzen Tieren? Neben dem *Zuckerpudel* auch, den es zweifellos geben muss, denn Frau O. fand einmal auf einer Karte *Pudelzucker*, den man über Crêpes streute – und wo *Pudelzucker* ist, da muss es auch *Zuckerpudel* geben, so wie man Saftorangen haben muss, wenn man Orangensaft trinken will.

Mein allergrößtes Lieblingstier in Sprachland ist aber die Cumberlandwurstkröte, die Herr E. im *The Ridley Arms* in Morpeth in der Grafschaft Northumberland in England entdeckte, zwischen *Hand Erhoben Schweine-*

Starters

SOUP OF THE DAY
Suppe DesTages

HAND RAISED PORK PIE, PICCALILLY AND
SJF KITCHEN GARDEN SALAD
Hand Erhoben Schweinefleischpastete, Piccalilly, SJF GartenSalat

SIMPLY STEAMED MUSSELS, CLASSIC WHITE WINE,
GARLIC AND PARSLEY SAUCE
*Einfach Gedämpfte Muscheln, Weißwein, Knoblauch
und Petersilien Soße*

Main Courses

TRADITIONAL BATTERED NORTH SEA FISH, CHIPS,
MUSHY PEAS & TARTAR SAUCE
*Traditioneller Zerschlagener Nordseefisch,
Pommes, Erbsen Puree und Tartar Soße*

RED WINE BRAISED SHIN OF BEEF, MUSTARD SUET DUMPLINGS
AND BUTTERED SPRING VEGETABLES
*Rotwein Geschmorter Schienbein von Rindfleich, Senf Talg Knödel,
Gebuttertes Frühlingsgemüse*

CUMBERLAND SAUSAGE TOAD IN THE HOLE,
RED ONION MARMALADE, PEAS AND BUTTERED POTATOES
*Cumberlandwurstkröte im Loch, Marmelade mit Roten Zwiebeln,
Erbsen, Butterkartoffeln*

Desserts

STICKY TOFFEE PUDDING, BUTTERSCOTCH SAUCE
Klebriger Toffeepudding, Buttertoffee Soße

SELECTION OF ICECREAM
Eis Auswahl

SPOTTED DICK WITH WARM VANILLA CUSTARD
Pudding mit getrockneten Früchten

fleischpastete, *Traditionellem Zerschlagenem Nordsee-fisch* und *Geschmortem Schienbein*, aber das nur neben-bei. (*Klebriger Toffeepudding* war der Nachtisch.)

Da stand:

Cumberlandwurstkröte im Loch, Marmelade mit Roten Zwiebeln, Erbsen, Butterkartoffeln.

Cumberlandwurstkröte – das ist natürlich zunächst nichts anderes als die wörtliche Übersetzung eines in England traditionellen Gerichts namens *Toad-in-the-Hole*, eine Wurst, die in einem *Yorkshire Pudding* (ein Teig aus Mehl, Milch, Eiern, Rindernierenfett und einigen Gewür-zen) eingebacken serviert wird, mit Gemüse und Zwie-belsauce. In unserem Fall ist die Wurst eine *Cumberland sausage*, also eine Wurst aus Schweinefleisch, das grob zerhackt und mit Pfeffer gewürzt wird: eine *Cumberland Toad-in-the-Hole*. Und weil *toad* eben die Kröte ist und *hole* das Loch, heißt das Gericht wahrscheinlich so, denn man assoziierte mit der Wurst eine Kröte, die aus ihrem Yorkshire-Pudding in die Welt schaut.

Aber *Cumberlandwurstkröte*, das klingt eben auch nach einer ganz besonderen Krötenart neben *Knoblauchkröte, Schaufelfußkröte* und *Geburtshelferkröte* – und vor allem nach dem *Kröterich* aus Kenneth Grahames berühmtem, 1908 erschienenem Buch *Der Wind in den Weiden*, eines meiner Lieblingsbücher, in dem ich gerade mal wieder las, als ich von der Cumberlandwurstkröte erfuhr.

Grahame versammelte hier die Geschichten, die er seinem Sohn Alistair erzählte. Sie spielen alle an einem Fluss, an dem die Wasserratte, der Maulwurf, der Dachs und noch viele andere Tiere leben, unter ihnen eben der Kröterich, ein faszinierender Charakter, schwankend zwischen Größenwahn und Totalzerknirschung, immer auf der Suche nach jenen Abenteuern, von denen ihn eines schließlich sogar ins Gefängnis führt. Dennoch ist er ein gutherziges Tier. *Kröterich*, wie er in Harry Rowohlts Übersetzung heißt, ist aufgrund von Erbschaften außerordentlich wohlhabend und lebt auf Schloss *Krötinhall* – in der Originalausgabe ist er eben *Mr. Toad of Toad Hall*, was ein schöner sprachlicher Anklang zu *Toad-in-the-Hole* ist. Das Theaterstück, das A. A. Milne, der Erfinder von *Pu, der Bär*, dann aus Grahames *The Wind in the Willows* machte, hieß dann auch *Toad of Toad Hall*.

Ich weiß nicht genau, was mich an der Cumberlandwurstkröte so fasziniert, es muss diese Vielzahl von Assoziationen sein, die sich mit ihr verbinden: der britische Hochadel (die *Dukes of Cumberland*), auch etwas so Ordinäres wie die Wurst, dann die Breitmäuligkeit der *Bufonidae* sowie der manisch-schwankende Charakter des *Kröterichs*, das alles vermischt sich zu einem unvergesslichen Tier, das so, wie es ist, nur in den Sümpfen, Mooren und Gewässern Sprachlands seine Heimat finden konnte.

So viel für heute aus dem Tierreich Sprachlands.

Ich setze mich nun hin und beginne mit der Niederschrift eines Kinderbuches, in dem es um die Abenteuer des Eichelhechts, des Aschenpudels, des Ochsenschwans, des Wortfischs, der Cumberlandwurstkröte und natürlich der Gans mit dem großen Tattoo geht. (Dazu gleich mehr im Kapitel über die *Gansplatte*.)

FLORA

Am Anfang des Berichts über die Pflanzen in Sprachland steht die Geschichte einer Blume, so wunderfein …

Sie entstammt einem Brief von Frau K. aus Alfter, deren Schwiegermutter, Gott hab sie selig!, bis ins hohe Alter in wehmütiger Erinnerung an die jugendbewegte Jungmädchenzeit sang:

Es blühen im Walde Tiftrienen,
die blaue Blume fein.

Bis sie eines Tages ihre Schwiegertochter fragte: »Sag mal, weißt du eigentlich, wie diese Dinger aussehen? Tiftrienen?« Und in schockiertes Gelächter ausbrach, als sie erfuhr, der Text laute in Wahrheit:

Es blühet im Walde tief drinnen,
die blaue Blume fein.

Sehen Sie, und das ist nun wirklich toll: Dass diese alte Dame ihr Leben lang an die Existenz einer feinen blauen Blume namens *Tiftriene* glaubte, dass sie nie an deren Existenz auch nur den geringsten Zweifel hegte, bis sie ganz am Schluss die Wahrheit erfuhr.

Aber was heißt schon Wahrheit?!

Wenn man praktisch seine ganze Lebensspanne so oft an *Tiftrienen* dachte, wenn man sie immer wieder tief im

Wald blau blühend wähnte, Jahrzehnte und Jahrzehnte und Jahrzehnte – ist das nicht auch eine Wahrheit?

In der Biologie nennt man Pflanzen (oder natürlich auch Tiere), die nur in einem ganz bestimmten Gebiet verbreitet sind und sonst nirgendwo vorkommen, *endemisch*. Beispielsweise wächst das *Gelbe Galmei-Veilchen* nur auf speziellen schwermetallhaltigen Böden in der Umgebung Aachens, das *Schweizer Lungenkraut* findet man nur zwischen Neuenburger- und Genfersee, und der Gurkenbaum *Dendrosicyos socotranus*, ein Kürbisgewächs in Baumform, existiert ausschließlich auf der Insel Sokotra im Indischen Ozean. Sie sind dort jeweils endemisch.

Kein Land der Erde aber dürfte so reich an endemischen Pflanzenarten sein wie Sprachland, die *Tiftriene* ist ja nur ein Beispiel.

Wer, wie ich es tat, einige Stunden auf der großartigen Seite *de.recidemia.com* verweilte und dort seine Botanisiertrommel füllte, der wird entzückt sein über seine Funde, die allesamt Verwendung finden, um die Bevölkerung zu ernähren. Denn selbst einem auf langjährigen Reisen durch seltsamste Übersetzungswelten geschulten Experten wie mir hat sich nie erschlossen, wie die ungeheuerlichen, seltenen, überraschenden, grotesken und kolossalen Sprachpflanzen, die es hier gibt, entstanden sind.

Es lässt einen wieder und wieder erschauern vor Ehrfurcht.

recidemia.com ist eine englischsprachige Seite mit vielen Tausend Kochrezepten aus aller Welt, durchaus empfehlenswert übrigens. *de.recidemia.com* ist ihre deutschsprachige Variante, die sich selbst als *Die Sammlung der Welt Gebieterischer Rezepte* vorstellt. Sie stellt für unsere Sprache dar, was zum Beispiel das *Great Barrier Reef* für die Weltnatur ist: von unübersehbarem Reichtum und ungeheuer groß, mit bloßem Auge vom Weltraum aus erkennbar. (Nur ist es, hoffentlich, nicht ganz so bedroht.)

Wer einmal beginnt, in diesem Urwald von Vokabeln umherzuwandern, der hört nie mehr auf zu staunen.

Hier gibt es *Silberne Stadtpilze* und *Schwarzäugige Erbsen*, den *Stilblumenkohl* und die *Briochehaarflechte*, den *Ahorneichelkürbis* und den *Französischen Brotpilz*, den *Akadischen Knoblauchfinger* und die *Dosenganz-Beere*, auch die *Wettkampferdnuss*. Hier haben wir fliegende Kohlköpfe – denn wie anders sollen wir ein Gericht namens *Kohlkopf macht eine Bauchlandung* interpretieren, als dass dieser Kohlkopf sozusagen in die Küche segelte, im Tiefflug? Und dass er dort so ungeschickt landete wie ein Albatros.

Wobei im Grunde alle Pflanzen hier flugtauglich sind, aber eben summa summarum nicht gut landen können, Kartoffel und Zwiebel, Zucchini und Apfel, Banane und Heidelbeere, Mandarine und Reis, alle machen hier Bauchlandungen, ja, man sieht die Küchen vor sich, in denen sich diese Pflanzen bauchlandend einfinden, *Dicker Kürbis macht eine Bauchlandung* heißt es einmal in einem Rezept, ja, auch der – aber schön ist nicht nur das Bild der Landung, sondern überhaupt die *Idee* eines Himmels voller dicker Kürbisse.

Und dazwischen der Mond, die Sonne und die Sterne. Das Übliche halt.

Es ist seltsam, was hier wächst und gedeiht. Auf einem meiner Trips (und der Begriff *Trip* scheint hier in mehrerlei Sinn zu passen) entdeckte ich *Gemüseunterseeboote*, ich fand eine Speise namens *Sonnenschein bumst*, ich las *gerieben Begeisterung von 1 Mandarine* als Zutat und auch *trippelt Knoblauch in eine Bratpfanne*.

Aber ein Höhepunkt war dann doch eine Mahlzeit namens *Schießen Sie Wahnsinn wie Pilz aus dem Boden* mit Punkt 2 der Kochschritte. Er lautet: *Umarmung aus Überschuss Wasser*.

Und dann noch dies hier, bitte: *Schießen Sie Bratensaft wie Pilz aus dem Boden*, wozu als Hauptbestandteil *ein Liter Pilzaktien* benötigt wird.

Entschuldigen Sie, ich muss nun damit aufhören, es ist einfach ...

Ja, man überschreitet gewisse Grenzen, wenn man anfängt, sich mit der Schönheit dieser Pflanzenwelt zu befassen. Man beginnt zu delirieren. Aber ich schwöre: Alles, was ich berichte, ist wahr. Sie können es selbst nachsehen, wenn Sie sich auf den Weg machen, doch seien Sie vorsichtig. In Sprachland gibt es Dinge, die wir für unmöglich hielten, hier können sich Auberginen verlieben, wie jemand eines Tages auf seinem Hotelbuffet herausfand, als er dort *Auberginen verknallt* in einer Schüssel sah. Und Tier und Pflanze werden bisweilen eins, sie verschmelzen zu *Fleischpflanzen*, diese Entdeckung stand auf einer kreidebeschriebenen Speisetafel: *Pasta-Fresca mit Fleischpflanzen*.

Mag sein, es war damit *Frische Pasta mit Fleischpflanzerln* gemeint, wie man in Bayern die Frikadellen oder Buletten nennt. Mag sein.

Oder nicht.

Denn das stand da ja nicht.

Wer übrigens pflanzt die Fleischpflanzen? Das muss der Fleischpflanzer sein, nicht wahr? Den entdeckte Herr S. eines Tages in einem Münsteraner Lokal, bemerkte aber erst beim zweiten Hinsehen, dass dort nicht *Fleischpflanzer*, sondern *Fleischflanzer* auf der Karte standen. Warum eigentlich nicht *Pfleischflanzer*, dachte ich, aber das lag daran, dass ich gerade auf einem Parkplatzschild in Italien gelesen hatte, dies sei ein gebuehrenpfilchtiger Parkplatz, was mich an einen Eintrag in meinem von mir als Grundschüler geführten Poesiealbum erinnerte.

Ärg're deine Eltern nicht,
Axel, das ist deine Pflicht.
Ich variierte das nun in Gedanken immer weiter.
Ärg're deine Eltern nilcht,
Axel, das ist deine Pfilcht.
Und dann der Schritt in den Irrsinn:
Parke deine Flanzen nilcht,
Pfleischer, das ist deine Filcht.
Doch nun wollen wir ein wenig ruhen.

Wir sinken ins Gras, wir liegen dort und blicken in den Himmel, wir sehen, wie der Sonnenschein bumst und die dicken Kürbisse dahinsegeln, wir riechen den Duft der Tiftrienen und spüren die Liebe der Auberginen, auch die Begeisterung der Mandarinen, wir lauschen dem leisen, eiligen Trippeln des Knoblauchs und dem Rascheln der pfleißigen, pfilchtbewussten Flanzarbeiter – und dann schließen wir die Augen und spüren, wie der Wahnsinn um uns aus dem Boden schießt.

Wie Pilze. Oder Pfilze.

Oder wie Bratensaft.

Vokabeln

GANSPLATTE

Leserin R. aus Ingelheim sah sich im Alter von 13 Jahren eines Tages plötzlich einer großen Frage gegenüber. Sie schaute mit ihrer Mutter *Wer wird Millionär?* im Fernsehen, als ein Kandidat über seinen Wunsch nach einem Gans-Körper-Tattoo sprach. R. fragte sich, ob der nun einen Gans-Körper auf seine Haut gestempelt haben wollte oder ob er seinerseits den Körper einer Gans zu tätowieren gedachte, was ja nicht ganz einfach gewesen wäre, weil auf der Gänsehaut Federn sitzen. Und die sind schwer zu tätowieren. Die Frage ließ sich im Gespräch R.s mit ihrer Mutter klären.

Eine andere Sache verstehe ich bis heute nicht.

Auf der Internetseite der italienischen Firma *Generalfix* entdeckte ich eines Tages ein Produkt namens *Sciolino*, von dem ich dort las, es sei »die neue Idee, um die Gansplatte zu putzen«, ja, wer *Sciolino* nutze, werde sehen: »Die Gans ist immer neu und leichtläufig. Wenn die Gans ›anhaftet‹ bügelt man nicht, löst man Zeit und die Unterwäsche macht man schmutzig.« Direkt daneben wurde etwas angeboten, das *Ferrokal* heißt, ein »schneller Kalksteinprodukt für Dampfgans. *Ferrokal* ist ein schnell und ökonomisch Kalksteinprodukt, um der Gansbehälter zu putzen.«

SCIOLINO

FERROKAL

Um sauber zu bügeln. Die Gans ist immer neu und leichtläufig. Wenn die Gans „anhaftet" bügelt man nicht gut, löst man Zeit und die Unterwäsche macht man schmutzig. SCIOLINO ist die neue Idee, um die Gansplatte (nicht nur normal sonder auch dampfe)von Stärke und Faden zu putzen. SCIOLINO putzt die Gansplatte und macht sie poliert und leichtläufig mit wenigen und einfachen Aktionen, die hinter der Konfektion klargestellt sind.

SCIOLINO ist ein modernes und sicheres System, das viel Erfolg haben wird, in jedem Haus, wo jemand bügelt.

Schneller Kalksteinprodukt für Dampfgans. FERROKAL ist ein schnell und ökonomisch Kalksteinprodukt, um der Gansbehälter zu putzen. In Einzeldosis Kapseln anfertigt löst es die Überkrustungen auf, putz die Plattebohrungen und lasst den Dampf ausgehen, deshalb die Behandlung einfach, schnell und ökonomisch ist.

FERROKAL ist in Blister und auf die Karte es gibt die Hauptcharaktreristiken.

Gans. Gansplatte. Dampfgans. Gansbehälter.

Ich bin gewöhnt, durch Hin- und Herübersetzen, Suchen nach Doppelbedeutungen von Wörtern, Verfolgen eines Wortsinns durch mehrere Sprachen solchen Dingen auf die Spur zu kommen. Wenn ich zum Beispiel auf italienischen Speisekarten *Isolationsschläuche nach Köhlerart* entdecke, dann weiß ich, dass es um *Spaghetti alla carbonara* geht. Denn der Übersetzer hat vom Italienischen zuerst ins Englische übersetzt. Dort aber sind

Spaghetti nicht nur eine *Nudelart*, sondern auch *Isolationsschläuche*. Von dort ging es weiter ins Deutsche – und da sind die Isolationsschläuche eben Isolationsschläuche geblieben.

Das ist im Grunde etwas für Anfänger.

Aber *Gansplatte*?

Auf der italienischen Seite von *Generalfix* steht, *Sciolino* sei gedacht *per pulire la piastra del ferro da stiro*, zum Putzen der Fläche (oder Platte) des Bügeleisens. Übersetzt man *ferro da stiro* ins Englische, kommt man zum *iron*, im Deutschen zum *Bügeleisen*. *Gans* heißt auf italienisch *oca*, auf englisch *goose*. Der Weg vom *ferro* zur *Gans* – er ist mir trotz langen Grübelns verschlossen geblieben.

Und so merken wir uns: *Gansplatte* ist im Sprachländischen die Fläche eines Bügeleisens, *Gansbehälter* der Wassertank des Dampfbügeleisens, das wiederum *Dampfgans* heißt, ein Wort, das wir uns mit einem schönen Merksatz aus den Schulfibeln unseres weltumspannenden Sprachstaates gut merken können (ein Spaß, der in etwa unserem *Fischers-Fritze*-Satz entspricht, er ist also bitte so schnell wie möglich zu sprechen): *Nach alten Schlagern Sprachlands tanzt Hansdampf ganz langsam mit der Dampfgans in allen Gassen Walztanz.*

Bleibt noch, sich zu merken, dass man *Gans-Körper-Tattoos* nie direkt mit der heißen *Gansplatte* auf die Haut bügeln sollte, es tut einfach *gansgans* weh.

MASCHINEN 1

Das Leben in Sprachland ist von großer Entspanntheit gekennzeichnet. Man merkt das zunächst eher zufällig, zum Beispiel anhand einer Notiz wie jener, die vor Jahren Berliner Autofahrer unter ihren Scheibenwischern entdeckten: die Hektografie eines kopierten 200-Euro-Scheines, auf dem stand: Wir kaufen Ihr Fahrzeug im gleichgültigen Zustand. Oder eine andere, darauf las man gedruckt: *Wenn Sie Ihr Auto verkaufen möchten Dann Rufen Sie mich an! Egal in welchem Zustand!*

Ich Interessiere mich für Ihr Fahrzeug!
Wenn Sie Ihr Auto verkaufen möchten
Dann Rufen Sie mich an!
Egal in welchem Zustand!
Zahle Höchstpreise!

Man spürt sofort, wie sich diese Wurschtigkeit auf einen selbst überträgt, nicht wahr? Ruf mich an, egal, was mit dir ist, ob du betrunken bist oder *stoned*, ob du gerade weinen musst oder lachst, ob du in der Wanne liegst oder über dem Schreibtisch hängst, ruf mich an, Hauptsache, du willst dein Auto loswerden, ich kaufe es! Und auch bei mir wird es egal sein, in welchem Zustand ich mich befinde, es ist mir sowieso alles gleich: Hauptsache Auto, Hauptsache gebraucht, wir kommen schon irgendwie klar, Mann!

Wir kommen doch immer irgendwie klar.

Kein Wunder vielleicht, dass es hier Institutionen gibt, die sonst nirgendwo zu finden sind, das *Schlafanfallbüro* zum Beispiel, von dessen Existenz man mir aus Leipzig berichtete. Ich erhielt die Zeitschrift *Klinoskop* des Chemnitzer Klinikums, darin war vom *Schlafanfallbüro* die Rede, und zwar im Rahmen eines Artikels über die Behandlung von Schlaganfällen, unter dem aber die Telefonnummer der Leiterin des Schlafanfallbüros notiert war.

Und tatsächlich ist ein solches Büro ja dringend notwendig, für all die Menschen, die in gleichgültigem Zustand durchs Leben wanken, hier ein Auto erwerbend, dort ein weiteres kaufend, schließlich ein drittes sich zulegend, egal, egal, gerade noch so schaffen sie es oft zum Schlafanfallbüro, auf allen vieren aus den Autotüren krabbelnd und sich mit letzter Kraft ins Wartezimmer quasi hineinschnarchend ...

Worauf man sie sofort in einen Spezialraum verfrachtet, das *Schlaffzimmer* nämlich, ich erfuhr durch eine Nachricht von Frau R. aus Gräfelfing davon: Sie habe anlässlich eines Umzugs von der Spedition gebrauchte Kartons bekommen, von denen einer mit dem Wort Schlaffzimmer beschriftet gewesen sei. R. dazu: »Ob sich die (der Handschrift nach offensichtlich weibliche) Schreiberin auf diese Weise endlich einmal artikulieren wollte ...?«

Nein, nein, es ist einfach ein Rückzugsraum bei akuten Schlaffanfällen gemeint, Frau R.! Gleich hinter dem *Schlafanfallbüro* links, bitte sehr.

Charakteristisch für den Erfindungsreichtum Sprachlands ist aber wiederum, dass allen, die von übergroßen Entspannungsattacken, von Schlaf- oder Schlaffanfällen heimgesucht werden, sofort ein Mittel zur Seite gestellt wird, das ihnen hilft: die Wachmashine, aus deren Bedienungsanleitung hier zitiert wird.

UNTERRICHTE

1. FÜLLEN SIE DIE WACHMASHINE, WENN ES NICHT DIE MACHT DES DETERGENS, LEGEN SIE DAS WACHPULVER, SACHEN DIREKT AUF DIE WASCHE UND SCHLIESSEN SIE DIE MASCHINE.

2. DURCH RECHTDREHUNG WIRD MIT DIESEM WAHLSCHALTER DAS JEWEILS GEWÜNSCHTE WACHPROGRAMM EINGESTELLT.

3. WERTMARKEN IN DEN SPALT EINWERFEN.

4. ALS DER FEINE LED IST BRENNEND ER SIE ES IST MOGLICH NEHMEN DIE WASCHE.

Das jeweils gewünschte Wachprogramm ...

Ist es nicht großartig? Es gibt in Sprachland Maschinen oder jedenfalls *Mashinen*, in die man sich offenbar hineinlegen kann, man legt sich Wachpulver auf die Wäsche oder doch auf die Wasche, dann stellt man ein Wachprogramm ein: Hellwach, Halbschlaf, Dämmer, Dösen, gleichgültiger Zustand ...

Dann überlässt man sich den Vorgängen.

Und danach steht man auf, von der Macht des *Detergens* gesteuert, geht hinaus und kauft ein Auto.

Oder halt nicht.

Lyrik ohne Absicht
Die Munze

Achtung:
Vorher die Munze einstecken
man muss den richtige Programm wahlen
Nacher die Munze einstecken,
Weil einmal die Munze eingtesteckt
ist
Man ran nicht mehr den Programm
einstellen,
sons kann man die Munze velieren
und nicht mehrwashen

N.B.:
Wenn
Er Sie Es Sie
Gehyden Sirom einmal zuruckgeben
Die Washmaschine wieder nimt
Der Programm
Er Sie Es Sie
Haite Woher
geblieben.

Aus der Gebrauchsanleitung für die Waschmaschinen
auf einem toskanischen Campingplatz

MASCHINEN 2

In Sprachland ist man immer sehr weit vorne, was die technischen Möglichkeiten angeht. Leser E. erreichte bei einer entsprechenden Erkundungsreise vor Jahren eine Stelle am Fuß der *Diavolezza* im Engadin, wo er ein Bild des damaligen Prototypen der sogenannten *Bei-Proble-me-hier-drücken-Maschine* machen konnte, die in ihrer Serienversion heute jedem Einwohner Sprachlands vertraut, im Rest der Welt aber immer noch unbekannt ist.

Der Apparat erfüllt den Urwunsch eines jeden Menschen: *bei Probleme* einfach irgendwo drücken zu können.

Es ist ja interessant, dass auf dem Gerät nicht steht *Bei Probleme hier reden*, nein, es geht ums Drücken – und für dieses Drücken gibt es nun einen Ort, einen Punkt, eine Stelle. Menschen *mit Probleme* sieht man oft irgendwo herumdrücken, sie hämmern auf Tische, schlagen ihre Fäuste gegen Apparate, zerknüllen Papier, tippen sich an die Stirn, setzen ihre Zeigefingerspitzen auf fremde Brustbeine – sinnlose Entladungen, die nur zeigen, dass sie nicht wissen, *wo um alles in der Welt* sie wegen ihrer Probleme drücken können, und ich meine: wirklich sinnvoll drücken, lösungsorientiert sozusagen. Schon die Tatsache, dass an der Maschine nicht steht *Bei Problemen hier drücken*, sondern *bei Probleme*, schon dieses

Fehlen des *n* am Schluss kann ja manchen Sprachhüter so wütend machen, dass er schreit:

Es heißt bei Problemennnnnn, *versteht ihr das denn nicht, da fehlt ein n, man schreibt ja auch nicht* Bei Probleme hier drücke, *warum hat das eine Wort ein n am Schluss und das andere nicht?* Problemennnnnn! Problemennnnn! Problemennnnn!

Und dann sieht man diese Menschen irgendwo herumdrückennn, sie hämmern auf Tischennn, schlagen ihre Fäuste gegen Apparatennn, zerknüllen Papierennn, tippen sich an die Stirnennn, setzen ihre Zeigefingerspitzennn auf fremdennn Brustbeinennn.

So ist das. Sie wollen drücken, und hier können sie es.

Und wer hat nicht einen dieser Freunde, die, wenn es einem schlecht geht, SMSen schreiben, in denen steht: Wenn Du jemanden zum Reden brauchst, ich bin da?

Und du denkst: redennn, redennn, immer redennn ... Ich will DRÜCKEN!

Die *Bei-Probleme-hier-drücken-Maschine* zeigt ihnen, wo das geht.

HIER DRÜCKEN!

Man sollte zum Verständnis dieser Maschine zunächst wissen, dass die *Diavolezza*, wo der Apparat (ein Prototyp, wie gesagt) sich befindet, eines der drei großen Skigebiete des Oberengadin ist, nahe St. Moritz und Pontresina gelegen, und dass ihr Name auf einer Sage beruht: der Geschichte von der schönen Teufelin. Denn nichts anderes als *Teufelin* bedeutet das rätoromanische Wort *Diavolezza*.

Der Sage nach lebte in dieser Gegend einst eine wunderschöne Bergfee. Man sah sie selten. Sie wohnte in einem Felsenschloss, bewacht von einer Gämsenherde. Aber bisweilen konnten Jäger sie beobachten, wenn sie zum See ging, dem *Lej da Diavolezza*, um dort zu baden. Und natürlich verdrehte sie mit ihrer Schönheit den jungen Jägern so sehr den Kopf, dass mancher ihr folgte – und nie wieder zurückkehrte. Seine Spur verlor sich dann am *Munt Pers*, dem verlorenen Berg. So ging es auch einem Jüngling namens *Aratsch*, der von der Jagd nicht zurückkehrte; man vermutete, er sei in eine Gletscherspalte gefallen oder sonst wie abgestürzt. Aber fortan konnte, wer sich bei Einbruch der Nacht irgendwo in der Nähe des *Bernina*-Massivs aufhielt, die vom Wind getragene Klage der *Diavolezza* hören.

Sie rief *mort ais Aratsch!*, was *Aratsch ist tot* bedeutet.

Diese Geschichte erzählt man sich in der Gegend seit Generationen und nannte die Alp im Kessel der *Bernina*-Gruppe deshalb *Alp Morteratsch*.

Jedoch: Die *Diavolezza* gab keine Ruhe, bis irgendwann der Gletscher so weit vorgerückt war, dass er die Alp mit Eis und Geröll zugedeckt hatte. Dann erst verließ sie die Gegend.

Mag sein, dass man den Apparat aufgestellt hat, um jenen zu helfen, die im Fall einer Rückkehr der schönen Teufelin Probleme haben. Aber mir gefällt auch der Gedanke, dass dies ein Ort ist, den jeder Bürger kennt und an den er sich jederzeit begeben kann, ob von Teufelinnen, Teufeln oder sonst wem verfolgt.

Sollten nicht eigentlich überall, nicht bloß an dieser unwirtlichen Stelle, sondern in jedem Land, an jedem Ort, an jeder Ecke solche Maschinen vorhanden sein?

Ich möchte eine Erfindung vorstellen, die Leserin D. auf Madeira entdeckte. Sie fand an dieser Maschine (und ich weiß, ehrlich gesagt, gar nicht, um was für eine Maschine es sich handelte, aber das spielt hier auch gar keine Rolle), sie fand also an dieser Maschine ein Schild, auf dem die portugiesischen Wörter *Máquina fora de serviço* geschrieben standen, *Maschine außer Betrieb* heißt das.

> **Máquina fora de serviço**
>
> Out-of-service machine
>
> **Out-of-Service-Maschine**

Aber so war es nicht übersetzt. Denn auf Deutsch (oder sagen wir mal auf Halbdeutsch oder Anglodeutsch) stand da Out-of-Service-Maschine und auf Englisch *Out-of-service machine*.

Was nichts anderes heißen kann als: Bei diesem Gerät scheint es sich um einen Apparat zu handeln, der nicht irgendwie temporär außer Diensten ist, sondern dessen Daseinszweck insgesamt das *Out-of-Service*-Sein ist, also eine Maschine, die geschaffen wurde, *um nicht zu funktionieren.*

Eine *Out-of-Service-Maschine* eben.

Das ist etwas in der Geschichte der Menschheit tatsächlich komplett Neues, und man fragt sich einerseits, wie es sein kann, dass ein so revolutionär-großartiges Gerät ein Schattendasein auf Madeira fristet. (Wobei:

Kennt nicht jeder von uns Gerätschaften, die er erwarb, die aber nie funktionierten, nicht ein einziges Mal? Ja, natürlich, aber noch nie wurde ein solches Ding *von vorneherein* als solches präsentiert!)

Andererseits haben wir ja nun das Sprachland. Dort sind Maschinen dieser Art an jeder Ecke zu finden.

Dazu später mehr.

Frau D. fühlte sich durch die *Out-of-Service-Maschine* an andere Apparate erinnert, zunächst die berühmten *Rube-Goldberg-Maschinen*, die auf den amerikanischen Cartoonisten Reuben »Rube« L. Goldberg zurückgehen. Er zeichnete Comics, in denen ein Professor namens *Lucifer Gorgonzola Butts* Maschinen konstruierte, die simple Aufgaben mithilfe extrem komplizierter Apparaturen erledigten: die *Self-Operating-Napkin* zum Beispiel, bei der eine Kaskade von Geschehnissen in Gang gesetzt wurde, darin verwickelt unter anderem: eine Uhr, eine Rakete, eine Wippe – und zwar zu keinem anderen Zweck als dem Abwischen eines Mundes mithilfe einer Serviette.

Im Internet findet das wunderbare Fortsetzungen in Filmen von sogenannten *Was-passiert-dann-Maschinen*, hier nur das Beispiel einer mehrere Minuten umfassenden Ereigniskette, bei der Seilbahnen, Mobiltelefone, Dominosteine, Murmelbahnen und was weiß ich noch alles in Betrieb genommen werden, um am Ende Zitronensaft aus einer Karaffe zu zapfen – sensationell!

In einer Folge von *Sesame Street* versucht sich Kermit an einer *What-happens-next-machine*: Er probiert, sein Radio anzuschalten, indem er ein Tau kappt, damit ein

Sack auf eine Wippe fällt, deren sich hebende Seite einen Kasten öffnet, aus dem ein Ballon aufsteigt, der mit einer Leine am Radioschalter befestigt ist – so beginnt das Radio zu spielen.

Oder sollte es zumindest.

The magic of What-happens-next, sagt Kermit.

Bloß fällt der Sack nicht, die Wippe klemmt, der Kasten geht nicht auf. Kermit muss alles selbst machen, *what happens next is nothing*, sagt er nach kurzem Verwundertsein, dann *What happens next is, that we ignore ...*

Schließlich fliegt das Radio am Ballon hängend davon. So endet die Sache.

Um aber noch mal auf die *Out-of-Service-Maschine* zurückzukommen: Das Erstaunliche ist, dass die Maschine im Portugiesischen, der Ausgangssprache also, nicht existiert; dort steht einfach nur, die Maschine sei außer Betrieb. Erst im Englischen und dann im Deutschen wird, wie gesagt, daraus etwas anderes: eine Alternative zu den immer funktionierenden, stets alles wuppenden Dampf- und Kaffee-Geräten, den Windrädern und Turbinen, den Motoren und Triebwerken. Eine Maschine, deren Daseinszweck ausschließlich im Nichtfunktionieren besteht, was ja eine radikale Infragestellung ihres Maschinen-Seins betrifft, ja, eine philosophische Neubefassung mit dem Maschinenbegriff an sich verlangt.

Ist eine Maschine noch eine Maschine, wenn ihr Funktionieren *a priori* nicht vorgesehen ist?

Solche Fragen stellen sich natürlich sehr dringlich, wenn man, wie Frau K. mir berichtete, in der Zeitung einen Bericht liest, in dem es um eine Überschwemmung geht, in deren Folge der Defekt eines Computers zu beklagen ist, eines seltsamen Elektronenhirns, denn »der Computer in der Schreinerei«, so stand es eben in der Zeitung, »der normalerweise geschäftliche Transaktionen *abwiegelt*, steht komplett unter Wasser«. Sodass nicht einmal mehr das *Abwiegeln* geschehen kann, vom *Abwickeln* war ohnehin nie die Rede.

Es geschieht einfach überhaupt nichts mehr.

Noch näher rückt uns das Problem, wenn Maschinen ihr *Out-of-Service-Sein* in einer solchen Dreistigkeit präsentieren, dass sie einerseits nicht funktionieren, andererseits aber von uns, den Menschen, erwarten, *dass wir funktionieren,* dass wir uns also verhalten, als wären sie zu Diensten, während sie gleichzeitig bekannt geben, dass sie *nicht* zu Diensten sind.

So geschah es einmal Leser M. in Italien, als er vor einem Geldautomaten der Bank *Intesa Sanpaolo* stand und las:

Bitte warten, während wir Ihre Anfrage nicht verarbeiten.

INTESA ▥ SANPAOLO

Bitte warten ...

Bitte warten, während
wir Ihre Anfrage nicht
verarbeiten

SCHILDER 1

Die im vorangehenden Kapitel erörterte Frage, ob eine Maschine, deren Funktionieren nicht vorgesehen ist, überhaupt eine Maschine sei, führt uns zu einem weiteren Problem.

Ist ein Schild, das nicht benutzt wird und auf dem, wie es hier der Fall ist, auch geschrieben steht *Schild NICHT in Benutzung*, ist also ein solches Schild überhaupt wirklich noch ein Schild? Was bedeutet es, wenn ein Schild dazu benutzt wird, nichts anderes bekannt zu geben als: dass es nicht als Schild benutzt wird? Ist es nicht gerade mit dieser Bekanntgabe alles Schildhaften entkleidet – und somit eben kein Schild mehr, sodass es auch nicht im Text ein solches genannt werden dürfte? Oder ist ein Schild in jedem Fall ein Schild, weil es uns ja etwas mitteilt, wie es Schilder nun einmal tun, auch wenn es sich in diesem Fall bei der Mitteilung lediglich um den Umstand handelt, dass das Schild gerade nicht benutzt werde?

Natürlich denkt man in diesem Zusammenhang sofort an René Magrittes berühmtes, 1929 entstandenes Bild *La trahison des images*, also *Der Verrat der Bilder*, auf dem eine Pfeife zu sehen ist, darunter der Satz *Ceci n'est pas*

une pipe. Was nicht schwer zu verstehen ist: Das Bild einer Pfeife ist nicht wirklich die Pfeife, klar, nur die Pfeife ist eine Pfeife.

Auf dem Schild aber steht nicht *Dies ist kein Schild.*

Man liest nur, dieses Schild sei nicht in Benutzung, was bedeutet, dass es jederzeit wieder in Benutzung genommen werden könnte – und solange es nicht in Benutzung ist, teilt uns das Schild lediglich mit, es sei eben sozusagen *out of service,* nicht in Betrieb also. Das ist etwas anderes als eine *Out-of-service-Maschine,* die es nur zu geben scheint, *damit* sie nicht in Betrieb ist, nicht wahr?

Man könnte natürlich auch gar nichts auf das Schild schreiben, es also leer lassen, wie es zum Beispiel die Bremer CDU einmal mit einem Plakat in einem Wahlkampf vor vielen Jahren tat, eher unabsichtlich, wie ich vermute. Das aber wirft natürlich im Betrachter die Frage auf: Hat uns die Bremer CDU denn gar nichts zu sagen? Und warum teilt sie uns das sogar so offen mit: dass sie nichts zu sagen hat? Hätte man auf das Plakat geschrieben *Dieses Plakat ist NICHT in Benutzung,* hätte jeder gewusst: Morgen wird es vielleicht wieder benutzt, also schaue ich einfach bei Gelegenheit dann noch einmal vorbei, um zu erfahren, was die CDU nun zu erklären hat.

Die Frage ist nur, *warum* man auf ein Schild schreibt, dass es nicht in Benutzung sei. Man könnte es doch auch einfach leer lassen, dann würde jeder sehen, was los ist. Stellen wir uns vor, Magritte hätte einfach keine Pfeife gemalt, nur den Satz *Ceci n'est pas une pipe,* er wäre genauso wahr wie mit Pfeife. Das nicht in Benutzung seiende Schild, das uns gleichzeitig auch noch durch die

93

Schrift von seinem Nichtinbenutzungsein unterrichtet, hat so etwas Verzweifeltes: Es schreit *Ich bin ein Schild, auch wenn an mir gerade nichts Schildhaftes ist!* Es sagt uns, dass es als Schild wahrgenommen werden möchte, auch wenn es momentan nutzlos ist. Es möchte nicht nur Schild sein, wenn es als Schild in Funktion ist. Sondern in einem ganz existenziellen, fast hätte ich gesagt, *humanen* Sinn, unabhängig von irgendwelchen Nutzwerten besteht es auf seinem Schildsein.

Eigentlich großartig, oder?

FORTSCHRITT

Weil auf jeden denkbaren Mangel in Kürze reagiert werden kann und auch wird, kommen aus Sprachland einige
der bedeutendsten Erfindungen der Neuzeit.

Erstens möchte ich in diesem Zusammenhang den *Coffee to go zum Mitnehmen* erwähnen. Ich verfüge über einen der ersten Hinweise darauf und verdanke ihn Herrn
T. aus Peine, der seinerseits damit in Sankt Peter-Ording
fündig wurde. Auf einem Schild las er dort, ganz unauffällig unter Hinweisen auf Crêpes und *Waffeln nach
Belgischer Art*, es gebe hier *Coffee To Go (Jetzt auch zum
Mitnehmen)*. Und er fragte sich, wie er mir schrieb, was
man eigentlich früher mit dem *Coffee To Go* machte, in
den Zeiten, als er noch nicht zum Mitnehmen war.

Zweitens.

Entdeckungen dieser Art sind übrigens oft verblüffend
simpel, der *Email-Seiher* zum Beispiel. Wer je verzweifelt seine vielen Emails nach einer ganz bestimmten
durchsuchte, wird sich über ein so einfaches Produkt
freuen, das in Sprachland selbstverständlich ist. Man
wirft oder schüttet einfach Emails hinein wie gekochte
Nudeln, abzuspülendes Obst oder von Knochenresten
zu reinigende Hühnerbrühe, und schon wird man die
gesuchten Texte finden, während das Ungesuchte unten hinauströpfelt. Das Ding sieht aus wie ein Seiher aus

Emaille, ein Emaille-Seiher also, das ist aber wohl nur Tarnung, die auf dem Verkaufsschild gelüftet wird: dort steht wahrheitsgemäß *Email-Seiher*.

Drittens.

Die *Musterwaffel*, nach deren Vorbild täglich Hunderte von standardisierten Waffeln entstehen können, Serienwaffeln sozusagen. Leser D. aus Freiburg machte davon heimlich ein Bild, als diese Waffel noch im Entwicklungsstadium war. Man erblickt groß das Wort *Muster*, darunter eine Waffel, der man zum einen eine gewisse Ermüdung nach langen Testprozessen ansieht, zum anderen meint man, auf der linken Seite Spuren eines Probe-Bisses zu erkennen. Oben ist in der Waffel ein Loch angebracht, zum Aufhängen sicherlich. Das Ganze kann unmöglich zur Veröffentlichung gedacht gewesen sein, es handelt sich hier quasi um einen Waffel-Erlkönig. (Erlkönige sind die getarnten Prototypen von Autos, deren genaues Aussehen die Hersteller noch geheim halten wollen.)

Es ist dieser Sinn für das Einfache, Unkomplizierte, Naheliegende, der den technischen Fortschritt hier immer auszeichnete.

Gleichzeitig wissen aber nur wenige, dass zum Beispiel auch das iPhone eine Erfindung war, die in Sprachland gemacht wurde.

Hier die Geschichte dazu.

Frau N. aus Jena berichtete mir vor Jahren von einer Freundin, die in dem Beatles-Song *I Am the Walrus* eine Zeile entdeckt hatte, die ihr zu denken gab: *Winding up the iPhone power.* Sie übersetzte das mit »Hochschrauben der Akkulaufleistung des iPhones«, was immer das genau sein mochte, es konnte ja auch etwas mit dem Hochfahren des Computers im *iPhone* zu tun haben, wobei *to wind up* eigentlich »aufwickeln« heißt, auch »aufziehen« bei einer Uhr. Aber viele Wörter haben mehrere Bedeutungen – also: warum nicht?

Bloß: der Song ist von 1967.

Und das erste *iPhone* von 2007.

Angeblich.

Hat also John Lennon das *iPhone* erfunden? Oder dessen Existenz vorausgeahnt? Der sonstige Text ist sehr verwirrend, ständig ist vom *Eiermann* die Rede, dem *egg man*, jemand sitzt auf einem *Cornflake*, und ein *elementary penguin* (Was ist das wieder? Ein Grundschulpinguin?) singt *Hare Krishna* – das Ganze ist ein sehr psychedelischer Song.

Lennon könnte unter Drogeneinfluss die Vision eines *iPhones* gehabt haben.

Und dann fällt einem ein: Hieß die Beatles-Platten-firma nicht *Apple*? Ja, *Apple Records*, mit einem *Granny Smith*-Apfel als Logo.

Unheimlich, oder?

Man fährt dann besser mal die *iPhone Power* hoch und schaut nach, den Text von *I Am the Walrus* meine ich. Der lautet: *Climbing up the Eiffel Tower*.

Dabei könnten wir es jetzt belassen. Ein Verhörer, mehr nicht. Aber ich sage: Genau das ist es nicht. Die komplette Zeile in Lennons Song lautet:

Semolina pilchard, climbing up the Eiffel Tower.

Wobei *Semolina* ein Grieß ist und *pilchard* eine Sardine, *Semolina pilchard* aber eine Anspielung auf einen Londoner Polizei-Offizier namens Norman Clement Pilcher, der in den Sechzigerjahren von Keith Richards bis Mick Jagger und von George Harrison bis John Lennon zahlreiche Pop-Größen wegen Drogendelikten verfolgte und arretierte, bis er selbst schließlich wegen Erpressung vor Gericht kam und zu vier Jahren Haft verurteilt wurde.

Da gab es den Song aber schon ein paar Jahre.

Und der *egg man* im Text ist eine Anspielung auf Eric Burdon, der den Spitznamen *Eggs* hatte.

Wir sehen: Der Text ist voll geheimer, rätselhafter Anspielungen, und selbstverständlich ist auch *Winding up the iPhone power* eine solche, eine Botschaft aus dem Jahr 1967, die lautet: Wer den Song nur richtig hört, der begreift, dass es das mobile Telefonieren mit allen Schikanen in Sprachland schon damals gab, auf einer ausschließlich sprachlichen Ebene selbstverständlich, nicht irgendwie banal zum Anfassen und Draufherumtippen und Reinquatschen. Sondern in einer immateriellen, rein verbalen Form.

Wie das mit allen Dingen in Sprachland so ist.

Wir werden die Eigenheit dieser wunderbaren Nation nicht erfassen, wenn wir dies nicht verstehen: In Sprachland geschehen Dinge, die mit dem normalen, an Ursache und Wirkung, Sinn und Unsinn, Vor- und Nachteil, laut und leise, hart und weich, Logik und Unlogik geschulten, an all dies gewöhnten und damit auch irgendwie verwöhnten Verstand nicht zu erfassen sind.

Wir müssen uns davon lösen. Es gibt hier Dinge, Vorgänge, Gegenstände, die es nirgendwo sonst gibt, ja, *nicht geben kann*. Eines der eindrucksvollsten Beispiele ist ein Rezept für belgische Waffeln, das mir Herr S. vorlegte. Darin werden als Zutaten nicht nur Mehl, Eier, Ammoniumhydrogencarbonat und Ähnliches genannt, sondern auch *Kakao Phantasie*. Womit bewiesen wäre, dass man hier nicht nur mit konkret Fassbarem backen kann, sondern mit reiner Vorstellungskraft.

Zwei Dinge gibt es nach wie vor nicht. Da wäre erstens die *Schräg Schuss Pistole*, nach der jemand schon vor längerer Zeit via Inserat im Internet mit den Worten fragte: *wer was weiß oder hat bitte Bild mit Preis drunter Posten Danke schön mal*. Das blieb unbeantwortet. Und zweitens das *Rückrad*, dessen Fehlen ein Forumsteilnehmer im Juni 2016 auf *tagesschau.de* mit den Worten beklagte: *Was konnte man andres erwarten, Politik(er) ohne* Rückrad.

Ja, man hätte es schon erwarten können, in Sprach-land, bei der hier vorhandenen Erfindungsdichte. Aber es ist halt schwer vorstellbar, das *Rückrad*.

Noch!

Lyrik ohne Absicht
Bang, Bang, Bang

Benutzungsinstruktionen
1) Das Stroh ins Ventil delikat einfügen
2) Um Banger aufzublasen, im Stroh blasen,
3) Das Stroh wegnehmen
Schlägen Sie die Bangers eine gegen der andere
Und Sie werden ein
schreckliches Geräusch
hören
Um Luft abzulassen fügen das Stroh ziemlich weit ein
So daB
Die Luft herauskommt.
Dieser Artikel ist kein Spielzeug. Es wird nicht für die
Kinder
Unter 4 Jahren
empfohlen.

Aus einer Gebrauchsanleitung für Klatschstangen
(das sind: Instrumente zur Beifallsspendung),
die beim Triathlon in Roth 2014 verkauft wurden

GEFÜHL

Sprachland ist Wohnort der Fehlermacher, der Falsch-
lieger, der Missversteher und der Überforderten, jener
Menschen also zum Beispiel, die sich einerseits in einer
fremden Sprache ausdrücken müssen, weil die Lebens-
umstände sie dazu nötigen, die aber andererseits (ebenfalls der Umstände wegen) nicht immer in der Lage sind,
dies in großer Richtigkeit zu tun.

Es ist also unser aller Ort.

Denn das Fehlermachen ist des Menschen Natur. Wir
alle äußern uns immer wieder sprachlich falsch, der
eine mehr, die andere weniger. Und wenig ist mir mehr
zuwider als das Bekritteln, Benörgeln, Benoten dieser
Fehlleistungen. Kaum etwas liebe ich andererseits so
sehr wie das leicht Verzweifelte an den kleinen Pannen
und Patzern, den Mängeln und Makeln, den Verstößen
und Verirrungen.

Wie oft habe ich zum Beispiel auf Karten und Schildern etwas gelesen von *Gefühlten und ungefühlten Donuts* (übrigens gerne auch *Donut's* geschrieben, aber
dazu findet sich mehr im Kapitel *Komma*). Und immer
fand ich mich unwillkürlich auf der Seite der Ungefühlten, jener Donuts, die ihr Donutdasein in totaler Emp-
findungslosigkeit verbringen mussten, in dauerndem
Ungefühltsein.

Auch las ich einmal auf einem Supermarktschild, mit dem Süßigkeiten angeboten wurden, diese seien *ideal für die Befühlung der Schultüte*. Wer sieht da nicht die Kinder vor sich, die aufgeregt an ihrem ersten Schultag auf dem Pausenhof stehen, die *Schultütten* befühlend, ihren Inhalt zu ertasten versuchend und dem Tag entgegenfiebernd, an dem sie *wissen* werden, an dem sie so viele Dinge *gelernt, begriffen* und *in sich aufgenommen* haben, dass sie sogar erkennen können, dass es *Befüllung* heißt und *Schultüte*?

Etwas nicht zu wissen heißt, eine bessere Zukunft erreichen zu können, ohne Fehler. Der Fehlerlose hingegen lebt schon in makelloser Gegenwart. Ihm bleibt nichts mehr zu erstreben.

Ich war erfühlt, angefühlt von der Fühle dieses Augenblicks.

Bei der Gelegenheit fällt mir der Werbespruch eines Blumenladens ein, der sich lange in meiner Straße befand, er hatte auf seine Markise die Worte *Aus Leidenschaft am Schönen* geschrieben. Den Laden gibt es längst nicht mehr (zu meinem tiefsten Bedauern übrigens, denn er war sehr schön), aber dieser Satz wird mir, glaube ich, nie mehr aus dem Kopf gehen, einfach: *weil er so schön falsch ist*.

Denn man kann zwar *Freude am Schönen* empfinden, Leidenschaft aber nach meinem Sprachgefühl (oder *Sprachgefüll?*) nur *für* etwas empfinden, allenfalls *zu*.

»Du kennst meine Leidenschaft für Ottilien«, sagt in Goethes *Wahlverwandschaften* Eduard zum Major, aber im heute nahezu unbekannten Drama *Der Groß-Cophta* (auch von Goethe) spricht der Marquis zur Nichte auch: »Die unsinnige Leidenschaft des Domherrn zur Fürstin hält ihn nicht von andern Liebeshändeln zurück.«

Leidenschaft wird hier verstanden, wie sie von Kant definiert worden ist, als die »zur bleibenden Neigung gewordene sinnliche Begierde«. Läse man etwas von der Leidenschaft an Ottilie oder an der Fürstin, so träte eine möglicherweise ältere Bedeutung des Wortes in den Vordergrund, nämlich weniger ein tiefes Entbranntsein *für* jemanden oder ein unwiderstehliches Hingezogensein *zu* ihm als ein Leiden *an* ihm.

Wobei im Leben ja das eine dem anderen folgen kann, wie jeder Paartherapeut aus täglicher Praxis weiß.

Jedenfalls führte der kleine Missgriff meines Blumenhändlers (den ich mir bisweilen als einen vom Anblick all der schwellenden Blüten angekotzten und deshalb *an* ihnen leidenden Menschen vorstellte) so zur Goethe-Lektüre. Daran wiederum kann ich nichts Falsches mehr finden.

In diesem Zusammenhang ist mir übrigens genauso unvergesslich die Beschriftung einer Toilettenkabinentür, die jemand für mich fotografierte, dort stand nämlich:

Hier bitte nich Es kaput waser Komm Raus von Toilete Danke.

Auf irgendeine Weise klang dieses *Es kaput waser* noch lange in mir nach. Auf einer Toilettentür schriftlich hingeworfen, ist seine Bedeutung sofort jedem klar. Entkleidet man die Wörter aber dieses Zusammenhangs, weiß

man möglicherweise nicht einmal mehr, welcher Sprache sie entstammen.

Es kaput waser? Wo in aller Welt spricht man so?

Auf einer polnischen Internetseite landete ich in diesem Zusammenhang bei beispielhaften Dialogen, mit
denen Polen lernen konnten, auf Deutsch ein Problem
in ihrem Haushalt zu schildern. Dort stand dann nicht
nur die deutsche Bedeutung eines polnischen Satzes,
sondern es war auch vermerkt, wie man als Polin oder
Pole dieses Deutsche ausspricht.

Od dwóch godzin nie mamy wody heißt zum Beispiel
Seit zwei Stunden haben wir kein Wasser. Damit der pol-

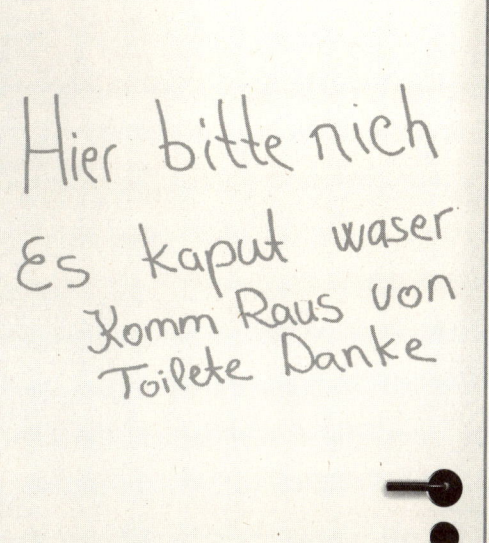

nische Mensch das aber richtig auszusprechen lernt, stand da zusätzlich:

Zajt cwaj sztunden haben wija kajn waser.

Zmywarka jest zapchana heißt *Die Spülmaschine ist verstopft*, sprich: *di szpyl-maszine yst fersztopft.*

Drzwi od szafy nie otwierają się prawidłowo bedeutet *Die Schranktüren gehen nicht ganz auf,* sprich: *die szrank-tjuren gehen nyśt ganc ałf.*

Zamek (np. w spodniach) się zacina ist *Der Reißverschluss klemmt* alias der *rajs-ferszlus klemt.*

Ist es nicht wunderbar, diese Alternativen zu unseren deutschen Alltagswörtern zu haben?

Szpyl-maszine.

Szrank-tjuren.

Rajs-ferszlus.

Irgendwie erinnert mich das an … warten Sie! … Hier!

Im Regal finde ich ein exzentrisches Werk mit dem Titel *Die Gesammelten Werke des Lord Charles* (1984 bei dtv erschienen), in dem der angebliche Kammerdiener dieses längst verblichenen Lords dessen bis dahin unbekannte Gedichte versammelt hat: eine Poesie, in der jeder, der sich selbst bitte für einen Augenblick als lesender Engländer vorstellt, mit geringer Mühe bekannte deutsche Verse entdecken wird.

> *Hop, a hop, a writer*
> *Veni felt dan sh! right air*
> *Felt air in den grab hen,*
> *Frass hen e'en Dee Raab hen.*

Oder:

He shun do, miller's coo,
Miller's Hazel
TASS piss do!

Aber noch einmal zum Polnischen.

Eines meiner allerliebsten Schilder fotografierte jemand für mich, tja: wo eigentlich? War es ein polnischer Eisenbahnzug? Jedenfalls stand da auf Polnisch zunächst *Wyjście bezpieczeństwa!*, was korrekt mit *Notausstieg!* übersetzt worden war, danach folgten die Wörter *Wyłamać osłonkę Wyciągnąć linkkę*. Sie bedeuten, wie ich herausfand, ungefähr, dass man ein Kästchen aufbrechen oder einschlagen muss, um dann an einer Leine zu ziehen.

Auf Deutsch stand da:

Brecher die Decke. Abzichen die Laine.

WYJŚCIE BEZPIECZEŃSTWA!
Wyłamać osłonkę. Wyciągnąć linkkę

NOTAUSTIEG!
Brecher die Decke. Abzichen die Laine.

Ganz ehrlich: Klingt das nicht wunderbar? Ich stelle mir immer einen Kapitän auf einem Schiff in tosender See vor, wie er auf Deck steht und der Mannschaft diese Kommandos zuschreit:

Es kaput waser! Brecher die Decke! Abzichen die Laine!

Ja, ich gehe selbst manchmal, wenn es zum Beispiel beim Schreiben nicht recht weitergeht, durch mein Büro und brülle immer wieder diese Wörter.

Es kaput waser! Brecher die Decke!, schreie ich, *Abzichen die Laine!*

Es befreit irgendwie, es treibt mich an, es reißt mich vorwärts. Es ist großartig. Es entfaltet eine solche Energie im Raum, dass sich *szrank-tjuren* wie von selbst öffnen und sogar *rajs-ferszlusse,* ja, dass *szpyl-maszinen* plötzlich zu laufen beginnen.

Es ist pure Leidenschaft für die Sprache, wenn sich der Raum mit diesen Wörtern fühlt.

SEX

Herr B. war, lange ist es her, in den Ferien in Torreilles/ Südfrankreich, wo es einen gut besuchten Nacktbade- strand gibt. Als er auf einer großen Tafel am Eingang den Lageplan studierte, fand er alles schön vom Franzö- sischen ins Deutsche übersetzt, also *Centre commercial* als *Einkaufszentrum* und *Club sportif* als *Sportclub*.

Plage naturiste, der Strand für *Naturisten* (welch ein Wort für nackte Menschen übrigens!), hieß aber im Deut- schen *Naturlehrpfad*.

Was auch nicht ganz falsch ist. Ich finde allerdings, dass man auch an den Stränden der Bekleideten eine Menge über die Natur des Menschen lernen kann. Aber das ist ein anderes Thema.

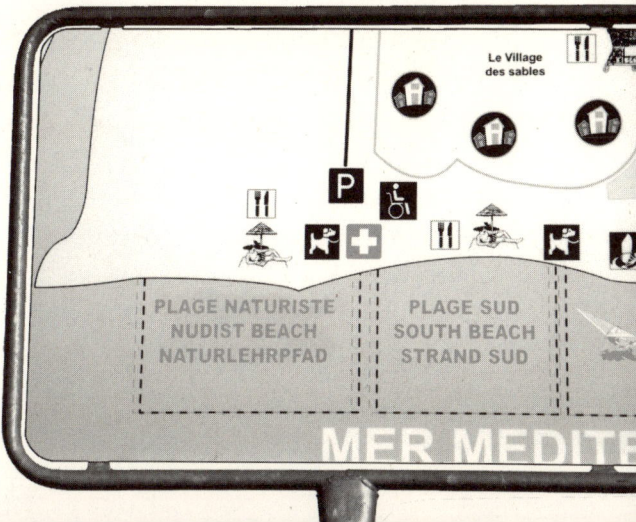

Apropos Bekleidung: Anfang Dezember 2011 berichtete der Nachrichtensender *n-tv* auf seiner Internetseite über die pakistanische Schauspielerin Veena Malik, sie habe mit einem Nacktfoto auf der Titelseite der indischen Ausgabe des Magazins FHM »für Empörung gesorgt«. (Nebenbei: Was für eine seltsame Redewendung: *für Empörung sorgen* ... Sorgt man nicht sonst für seine Familie, für sich selbst – aber für Empörung?)

Jedenfalls stand dann bei *n-tv*, Veena Malik habe sich im erwähnten Magazin *im Adamskostüm* gezeigt.

Hat da jemand das weltweit erste Kostüm gefunden, eben jenes, das noch vor der Erschaffung Evas getragen wurde? Oder das Adam ablegte, bevor er mit Eva die Söhne Kain, Abel und Set zeugte, nach der Vertreibung aus dem Paradies? Ein Stück Stoff, weit älter als das Turiner Grabtuch? Wo lag dieses Kleidungsstück herum? Warum ist es erst jetzt gefunden worden? Wieso sorgt es für Empörung, wenn Veena Malik es anzieht? Wer soll es denn sonst anziehen?

Und wieso trug Adam ein Kostüm? Was war mit ihm los, mal so ganz allgemein gefragt?

Jedenfalls sieht man dieses Adamskostüm vor sich, wie es auf dem Bügel hängt und wie Veena Malik es aus dem Schrank nimmt und es über ihren Körper streift und wie sie so als Adam verkleidet den Tag beginnt.

Eine Alternative wäre für Veena vielleicht jener *Gewürzanzug Versuchung* gewesen, der 2018 auf dem Amazon Weihnachtsmarkt angeboten wurde, unter der Rubrizierung *Weihnachten Abendkleider langes samtkleid SEXY* ...

Man sah dazu das Bild einer jungen Frau, bekleidet mit

einem winzigen roten Kleid, so winzig, dass es erstens aufgrund der praktisch nicht vorhandenen Materialkosten nur 4,95 Euro kostete und dass zweitens dessen Saum sich ungefähr im oberen Drittel der Oberschenkel befand. Offensichtlich handelte es sich hier um den erwähnten *Gewürzanzug* bzw. *das lange samtkleid*.

Kurze Samtkleider waren nicht abgebildet.

Bevor wir jetzt aber wirklich zum Thema *Sex* kommen, muss jener Berliner Schönheitssalon erwähnt werden, der im Schaufenster mit dem Slogan *Wir verbessern Ihre Haut in 5 Minuten* warb.

Darunter stand: *5 kostenlose Probiergrössen.*

Wir kommen zu Madonna.

Zu deren berühmtesten Songs gehört ja *Like A Virgin*. Da besingt sie einen Mann, der ihr mit seiner Zuneigung das Gefühl einer Art Runderneuerung verschafft, das man ansonsten allenfalls nach kosmetischen Operationen verspüren mag, auch nach einer Hautverbesserung in Berlin vielleicht. *Shiny and new* fühle sie sich, so singt Madonna, *touched for the very first time*. Was sich Leserin D. aber bei Madonna anscheinend absolut nicht vorstellen konnte, weshalb sie wenigstens hörte: *touched for the thirtyfirst time.*

Ist es nicht großartig, wie genau man in Sprachland in diesen Dingen ist? Fast jeder von uns kann detailreich von seinem ersten Kuss berichten. Aber der 30. fällt den meisten dann schon gar nicht mehr ein, ganz zu schweigen vom 31. Hier aber wird so etwas Ähnliches besungen, und es gibt vermutlich Menschen, die auch noch die 13.768. Berührung genau in Erinnerung haben oder bisweilen von der 26.311. schwärmen. So wichtig sind diese Dinge hier.

Wenn wir aber beim Singen sind und bei den Erinnerungen, möchte ich Bryan Adams erwähnen, *Summer of 69*.

Er singt:

I got my first real six string,
Bought it at the Five-and-Dime,
Played it 'til my fingers bled,
Was the Summer of '69.

Herr Adams berichtet also, wie er sich 1969 seine erste sechssaitige Gitarre kaufte, und wie er damit spielte, bis seine Finger bluteten.

Was aber verstand Herr S. aus Pommersfelden?

I got my first real sex dream,
Boy, when I was five and then
Played it til my fingers bled
Was the summer of 69.

Demnach berichtet Adams hier von seinem ersten wirklichen Sex-Traum, und plötzlich haben auch die blutig gespielten Finger eine andere Bedeutung.

Doch hier beginnt unser Staunen erst.

Denn ich möchte von jener Mail berichten, die mir Frau B. schrieb. Sie erzählte von einer Freundin, die nach Flucht und Vertreibung nach dem Zweiten Weltkrieg in einem katholischen Pfarrhaus Unterkunft gefunden hatte. Wobei sie selbst, wie B. berichtete, »mit dem Katholizismus nicht viel am Hut hatte« und das wenige, das sich dort am Hut befand, noch herunterfiel, als sie wieder und wieder das Kirchenlied *Ich will dich lieben, meine Stärke* hörte, das so beginnt:

Ich will dich lieben, meine Stärke,
ich will dich lieben, meine Zier,
ich will dich lieben mit dem Werke
und immerwährender Begier ...

Die Freundin hatte verstanden: *... und immer während der Begier ...*

Was sie irgendwie unpassend fand, eine Auffassung, die wir Sprachländer indes nicht zu teilen vermögen. Warum sollte man Gott, *wenn* man ihn liebt, ausgerechnet während der Begier, dann, wenn alle Gewürzanzüge und Adamskostüme gefallen sind und wir unwiderruflich den Naturlehrpfad betreten haben, nicht lieben?

Sex ist in Sprachland nichts Banales, er ist immer von großen Fragen begleitet, von bedeutsamen Erwägungen und überraschenden Gedanken. Leser M. schrieb mir einst, er habe von einer unbekannten Dame unter anderem diese Zeilen bekommen:

... einen Freund, der mir gestern deine Fotos gezeigt hat. Ich weiß nicht, wie du dich kennen kannst, aber das ist jetzt egal ... Ich möchte dich kennenlernen. Es sei denn natürlich, es macht Ihnen nichts aus ... Es gibt ein Verlangen nach heiß, hemmungslos, spontaner Sex irgendwo ... Wenn die Leidenschaft mit einer heißen Welle endet, geht Adrenalin in den Hintergrund. Ich denke, das kann jedem passieren.

113

*... Und vom Mitglied floss buchstäblich, und du hast
ein tieferes Mitglied eingefügt ...Von mir fing an, leise
Stöhnen zu stöhnen ... Schmierstoffe sind genug.*

Ich weiß nicht, wie du dich kennen kannst ... M. schrieb,
er wisse nicht, was er antworten solle. Ich wusste es auch
nicht. *Aber ich denke, das kann jedem passieren,* bei einer
solchen Mail jedenfalls, wie sie ja viele von uns schon
mal irgendwann erhalten haben. Mir selbst wurde eines
Tages von einer Person aus den Tiefen des schwärzesten
Internets mitgeteilt:

*Ich habe ein aufnahme deutlich präsentieren du be-
rührt deine Intimpartien.*

Soso, dachte ich, aha. Ich erfuhr des Weiteren, gegen
eine Überweisung von 0,14 Bitcoin zu *mein Brieftaschen-
adresse,* werde er/sie/es sich das noch mal überlegen
mit der Zerstörung meiner bürgerlichen Existenz durch
Veröffentlichung der Aufnahme. Und ich las am Schluss
ganz plötzlich die tröstenden Zeilen:

*Entschuldigung für mein Deutsch, ich bin nicht
Eingeborener Sprecher. Es macht keinen Sinn mir zu
schreiben und mit mir zu flehen, es ist eine
vorübergehende E-Mail.*

Ja, dachte ich, wie wahr, wie wahr, alles geht vorüber,
auch solche Mails. So war es dann auch. Ich vergaß die
Sache, sie ging vorüber.

Manchmal aber bleiben einem solche Dinge lange im
Kopf, jahrelang, wie im Fall jener Leserin, die mir in
Mannheim einen Brief überreichte, in dem sie schrieb,

sie habe das gern auch von Heino intonierte Soldaten-
lied *Schwarzbraun ist die Haselnuss* immer als *Schwarzbraun ist die Hasenlust* verstanden. Wobei einem natürlich sofort einfällt, dass über das Lustempfinden von
Hasen viel zu wenig bekannt ist. Der Refrain des Liedes
Holdrio, duwiduwidi, holdria lässt sich als Lustschrei eines Hasen verstehen. Andererseits: Wird er von Heinos
Bariton gesungen, vergeht selbst geübtesten Rammlern
jedes Vergnügen.

Bleibt die Frage: Hat Lust eine Farbe? Und wenn ja:
schwarzbraun?

Nein, oder?

PS.: Als ich einmal durch Mailand bummelte, durch
ein Vorstadtviertel, sah ich an einem Mietshaus ein Klin-
gelschild, das für das oberste Stockwerk links die Kürzel
S.M. verzeichnete, rechts A.U.A. Ist diese Fürsorge nicht
schön? Dass die Menschen, die bei S.M. waren, im Falle
eines Falles danach noch bei A.U.A. läuten können?

PPS.: Herr W. nahm in Phan Thiet/Vietnam, vor einer
Speisekarte sitzend sein Übersetzungsprogramm in
Betrieb, weil er nicht wusste, was unter *lẩu thai* zu ver-

stehen sei. Die Antwort im Handy lautete: *wische die Schwangerschaft ab*. Ein weiteres, letztes, großes Rätsel also: Denn *lẫu thai* ist ein Feuertopf, eine scharfe Brühe, eine Art asiatisches Fondue, von dem noch nie jemand schwanger geworden ist. Vielleicht ist das ja auch gemeint, *lẫu thai* als eine Art risikoloser Ersatz für Sex, ein sehr scharfes Essen, nebenbei gesagt.

Man reiche mir nun meinen Gewürzanzug.

Lyrik ohne Absicht

Die Hose

Wir empfehlen immer, die folgenden
richtlinien zu gebrauchen:
Waschen sie immer Ihren
körper das innere nach aussen
und seperat von anderer kleidung
Bitte seien sie extras vorsichtig mit
dem licht gefärbt kleidend und
oberflachen, dunkler körper kann
Verbluten

Waschhinweis in einer dunkelblauen Jeans

Vokabeln

SCHWEIGET

Die Frage ist ja, ob man Farb-Adjektive steigern sollte. Ob das sinnvoll ist. Ob es hilft. Ob es sprachlich gut wäre.

Gibt es ein Purpur, purpurner als das der Purpurschnecke? Kann etwas orangener sein als eine Orange? Ist das Gelb van Gogh'scher Sonnenblumen gelber als jenes Gelb auf der Landkarte von Belgisch-Kongo, das in Joseph Conrads Roman *Herz der Finsternis* Charles Marlows Reiseziel ist?

»Ich wollte ins Gelbe«, schrieb er. »Direkt in die Mitte.«

Nein, es ist einfach ein anderes Gelb, oder?

Andererseits traf ich einen Blumenhändler, der lila Geranien anbot, dann aber sagte: »Warten Sie!«, da hinten im Gewächshaus habe er welche, die seien »noch lilaner«. Und gewiss wäre nie etwas röter als die rote Karte gewesen, die Luis Suárez hätte sehen müssen, nachdem er seine Zähne beim Spiel Uruguay gegen Italien anlässlich der Fußballweltmeisterschaft 2014 ins Schulterfleisch des Italieners Chiellini geschlagen hatte. Auch versichert Alexander Theroux in seinem Buch *Blau*, es gebe kein blaueres Blau als das des *Crater Lake* in Oregon, des tiefsten Sees der USA, der nur von Regen und Schnee gefüllt wird und deshalb frei ist von Schwebeteilchen: ein Blau sooo blau … Es sei, so Theroux, »von einer unerträglichen Schönheit, die die schwachen Kräfte rationalen Denkens weit übersteigt«.

Bei Weiß heißt es, es gebe kein weißeres Weiß als das des Panzers eines südostasiatischen Käfers namens *Cyphochilus*, der sich gut getarnt auf weißen Pilzen aufhält und so weiß ist, dass die Produzenten von *Sunil* (»Das strahlendste Weiß meines Lebens«) und *Dash* (»Wäscht so weiß, weißer geht's nicht«) vor Neid noch bleicher werden, als sie ohnehin schon sind. Aber jeder Kenner weiß: Das weißeste Weiß ist *Schaumolweiß*, das Frau Blöhmann in Loriots Sketch *Eheberatung* als Lieblingsfarbe angibt: »Das ist noch etwas weißer als Weiß.«

Herr Blöhmann hingegen bevorzugt »ein grünlichblaues ... Rotbraun-Grau ...«.

Gibt es jedoch ein Schwarz, schwärzer als schwarz?

Hier kommt nun ein Brief ins Spiel, den ich von Leser S. aus Berlin erhielt. S. schrieb mir, er sei als Kind oft von den Eltern liebevoll in den Schlaf gesungen worden, unter anderem mit Matthias Claudius' *Der Mond ist aufgegangen*, darin die Zeile:

Der Wald steht schwarz und schweiget.

S. schrieb, dieses Wort *schweiget* habe er nicht gekannt und deshalb folgendermaßen interpretiert: »›Schweiget‹ hielt ich für eine Extremform von Dunkelheit, für ein besonders tiefes Schwarz.« Man würde schwarz dann (jedenfalls im Sprachländischen) also so steigern: **schwarz, schwärzer, schwärzest, schweiget.**

Wobei Schwarz keine Farbe ist, sondern Abwesenheit von Farbe, das nur nebenbei. Die Leute von der britischen Firma *Surrey NanoSystems* haben vor einigen

Jahren ein Material entwickelt, das schwärzer ist als die Gesinnung von Peter Gauweiler *und* einst die Lunge des Kettenrauchers Helmut Schmidt *sowie* die Seele eines prorussischen Separatisten *und* das Abendkleid von Audrey Hepburn *zusammen*, ein Schwarz so schwarz, dass es nur 0,035 Prozent des eintreffenden Lichts reflektiert.

Vantablack heißt das Material und besteht aus einem Gestrüpp hauchdünner Kohlenstoff-Nanoröhrchen, von denen jedes einzelne angeblich zehntausend Mal feiner ist als ein menschliches Haar, ein Gewirr, so dicht, dass jedes Licht darin praktisch komplett verschwindet, es kann einfach nicht mehr hinaus. Jeder mit *Vantablack* beschichtete Gegenstand erscheint nur noch als Silhouette. Schaut man ihn an, sagt Ben Jensen, der Chefentwickler der Firma, sei es, »als würde man in ein Loch starren, als wäre dort nichts«.

Man muss sich das vorstellen: Menschen gehen ins Büro mit Licht verschluckenden Aktenköfferchen, die wie rechteckige Löcher in der Welt sind! Trüge eine Frau ein kleines Schwarzes aus diesem Material, »es sähe aus, als würden Kopf und Glieder um ein kleidförmiges schwarzes Loch schweben«, schrieb dazu einmal der *Independent*.

Es ist beängstigend. Denn ginge die Entwicklung weiter und würde eines Tages ein Schwarz erfunden, das nicht nur 99,965 Prozent oder sogar 100 Prozent des Lichts verschwinden ließe, sondern, sagen wir, 150 Prozent: Dann hätten wir es nicht nur mit dem Verschlucken zufällig anwesenden Lichts zu tun, sondern mit einem aktiven Saugen. Das heißt, eine Kaffeetasse oder ein Kugelschreiber aus diesem Zeug würden nach und nach das gesamte Licht aus der Welt herauslutschen. Alles Gelb, Rot, Grün, Blau, Weiß und Schaumolweiß verschwände, verschwünde oder verschwönde, als hätte jemand die einst von Christian Morgenstern in einem Gedicht erfundene *Tagnachtlampe* angeschaltet, die nicht, wie andere Lampen, das Dunkel erhellt, sondern den Tag in Nacht verwandelt.

In diesem Fall sähe ich für uns alle *schweiget.*

(Wobei ich dieses Kapitel nicht beenden möchte, ohne jene Anzeige zu erwähnen, mit der in einem Kloster einmal *Deutschsprachige Schweigeexerzitien* angeboten wurden.)

BUCHSTABEN 1

Diverse Funde in Sprachland rufen uns die Bedeutung des einzelnen Buchstabens für die Sprache ins Bewusstsein. Sie machen uns klar, welch hohen Rang jedes h oder a oder c für die Sprache einnimmt. Das vergisst man ja leicht, wenn die Wörter in Serie am Auge vorbeirauschen, nicht wahr? Den Wert des einzelnen Buchstabens vergisst man, meine ich.

Wir beginnen mit einer Karte aus Kroatien, deren Verfasser unter dem schönen Titel *Gerichte an Glut* einige Grillspeisen versammelt hat, darunter jene, die jedem Besucher jugoslawischer Restaurants in den Siebzigerjahren vertraut klingen, *Pljeskavica* zum Beispiel und *Ražnjići*. In der deutschen Übersetzung scheint der Wirt dann, sprachlich gesehen, ein Minimalist zu sein, er möchte wirklich mit der geringstmöglichen Zahl an Buchstaben auskommen. Anders ist im Text einfach kein Sinn zu erkennen, denn die Gerichte heißen *Schw. Kotl., Gemisch.Fleisch* oder auch *Hausgemach.Wurst m. Samml.,* auch auf die Abstände zwischen den Wörtern verzichtet er gerne, die Begriffe stehen dicht gedrängt wie Barbesucher in der Vor-Corona-Zeit.

Es erhebt sich die Frage: Warum sollte man *Schweinekotelett* mit *Schw.Kotl.* abkürzen, wenn doch aller Platz der Welt ist, um auch *Schweinekotelett* hinschreiben zu können, ja, man könnte das Gericht sogar *Kotelett vom Fränkischen Eichelschwein an seiner eigene Sauce* nennen, und trotzdem wäre die Zeile noch nicht voll. Unser Mann aber will nicht verschwenden, er will nur das Nötigste sagen und seine Energie ansonsten aufs Kochen verwenden, trotzdem jedoch natürlich verständlich bleiben.

Was bei *Gemisch.Fleisch* halbwegs gelungen ist.

Bei *Schw.Kotl.* auch.

Aber bei der *Hausgemach.Wurst m.Samml.* beginnt man zu zweifeln.

Was könnte *Samml.* sein? *Sammlami? Sammlasabim? Sammlung?* Aber was hieße *Sammlung* im Zusammenhang mit *Hausgemach.Wurst*? (Eine kurze Internet-Recherche ergibt: *Samml.* heißt offensichtlich *Semmel*, *Roštilj kobasica u lepinji* sind Bratwürste in einem Brötchen.)

Man sieht: Wer den einzelnen Buchstaben nicht achtet, kommt schnell in unnötige Schwierigkeiten.

Hier nun aber die Tafel vor einem griechischen Restaurant.

Wir lesen: *Heute* Schweinekot. *mit Tzatziki, Patates und Salat.*

Nun fehlen hier tatsächlich Buchstaben in größerer Menge, das sticht sofort ins Auge, macht andererseits – und darum geht es jetzt erst einmal – die Problematik von Abkürzungen erneut deutlich. Es wäre sicher besser gewesen, der Wirt hätte das Wort *Schweinekotelett* mit *Schweinekotele.* oder *Schweinek.* abgekürzt. Andererseits war aber die Kreidetafel nun mal genau beim t zu Ende, was sollte er machen? Es ist einfach die Macht der Fakten, die unsere Sprache immer wieder reguliert, nicht wahr? Wo kein Platz, da kein Buchstabe. Die Form bestimmt den Inhalt

Andererseits: Fehlende Lettern können nun mal zu sogenannten Sinnveränderungen führen, *Schweinekot* ist etwas anderes als ein *Schweinekotelett*, daran ändert auch eine größere Portion Tzatziki nichts.

Man erkennt das in ähnlicher und doch ganz anderer Weise in einem Fischgeschäft, das sich allerdings, weil das Wort *Lachsfilet* für das inmitten der Ware platzierte kleine Täfelchen um genau einen Buchstaben zu lang war, nicht für eine Abkürzung von hinten, also *Lachsfile*, entschied, oder gar vorn vorne: *achsfilet*. Sondern man ließ einfach das s in der Mitte weg – schon passte es.

Lachfilet.

Aber auch ein *Lachfilet* ist etwas deutlich anderes als ein *Lachsfilet,* und eine *Lachträne* unterscheidet sich von einer *Lachsträne*, wobei das ja schon wieder eine wunderbare Vorstellung ist: *ein weinender Lachs* ...

Und wenn wir gerade von Lachs sprechen: Leser M. schickte mir die Rechnung für den Verzehr eines wahrhaft erstaunlichen Fisches, einer bisher unbekannten Lachs-Art.

Der Rächerlachs.

Wird er eines Tages über uns kommen, uns, die wir seine Brüder und Schwestern in Lachsfarmen geschunden haben? Werden wir uns vor Angst unter Esstische ducken, während sein höhnisches Rächerlachslachen über uns Furchtsamen dröhnt? (Weniger sym-

ganze Seite
Lachfilet
100 g
2.99

pathisch sind die Kichererben auf einer Speisekarte in Freiburg, versteckt zwischen *Hackfleischbällchen vom Lamm* und *Basmatireis*. Aber das nur nebenbei.)

Als weiteres Beispiel folgt nun die Mitteilung von Leser G., der schrieb, sein Kollege B. habe zu einer kleinen Zusammenkunft eingeladen, bei der er, so las ich, die Anwesenden *überaschen* wolle. Das wunderte viele und insbesondere G. zunächst, dann aber wieder doch nicht, weil das Treffen in einer *Cigar-Lounge* stattfand, wo man mit Überaschungen seitens unachtsamer Raucher ja jederzeit rechnen muss. Der Kollege teilte dann aber allen seinen Umzug von Düsseldorf nach Berlin mit, eine Überraschung also, wenn auch keine besonders schöne, weil B. bei allen recht beliebt war.

11.05.	**Muttertagsbrunch im Festsaal**
14.05.	**Himmelfahrt - Männertag ab 9.00 Uhr**
	Papa ist der Größte - Frühshoppen mit Live Musik

Schön fand ich die Erfindung des *Frühshoppens*, von der in einem Vatertags-Programm die Rede war: *Himmelfahrt – Männertag ab 9.00 Uhr. Papa ist der Größte –* Frühshoppen *mit Livemusik*. Wenn mir auch die Idee noch nicht vollständig ausgereift zu sein scheint: Warum am Männertag? Warum erst ab 9 Uhr? Ist das für die Frauen gedacht, deren Männer sich im Festsaal in aller Ruhe volllaufen lassen, während sie (also die Frauen jetzt wieder) von einer Swing-Kapelle begleitet die Innenstadt besuchen, *frühshoppend*?

Stilvoll wäre es.

Nebenbei gesagt, ist es ja interessant, dass uns mittlerweile der Begriff des *Schoppens* als Maßeinheit für ein Getränk zwar noch geläufig ist, aber das *Shoppen* als Tätigkeit erheblich geläufiger – und dass ein Verb namens *schoppen* kaum noch existiert, während das Tuwort *shoppen* ständig im Gebrauch ist.

Zufällig stieß ich, während ich an diesem Buch arbeitete, auf einen Text des Schriftstellers und Verlegers Alfred Richard Meyer, der sich darin (1948 war das) an die fieberhaft gespannte Zeit vor dem Ersten Weltkrieg erinnert. Damals spielte, jedenfalls in seinen Kreisen, expressionistische Lyrik von Autoren wie Jakob van Hoddis oder Alfred Lichtenstein eine ungeheure Rolle. Meyer schrieb: »Man kann sich heute beim besten Willen nicht mehr vorstellen, mit welcher Erregung wir abends im *Café des Westens* oder auf der Straße vor *Gerold* an der Gedächtniskirche sitzend und bescheiden abendschoppend, das Erscheinen des ›Sturm‹ oder der ›Aktion‹ erwarteten ...«

Abendschoppend, das würden heute die meisten Leute für einen Druckfehler halten, nicht wahr? Ein c zu viel, die Leute hatten doch sicher irgendwo auf dem Ku'damm eingekauft, also *abendgeshoppt* ..., das würden sie denken.

Nein, Meyer und seine Freunde hatten einfach einen *Abendschoppen* getrunken. Oder zwei.

Aber zurück zum stilvollen Leben, das überhaupt ein erstrebenswertes Ziel ist. Auch wer im Home-Office arbeitet, sollte das – meiner Meinung nach – nicht im Jogginganzug oder gar Pyjama tun, sondern so gekleidet, dass man jederzeit anderen unter die Augen treten könnte (und auch sich selbst vor dem Spiegel). Das verlangt im Grunde der Selbstrespekt. Um ein entlegenes Beispiel heranzuziehen: Selbst wenn wir frische Kirschen in den Kühlschrank legen, sollten wir das auf keinen Fall schlampig tun, nicht mit unkontrollierten Bewegungen, nicht achtlos, nicht schlecht gekämmt, nicht mit unsauberen Händen, nicht hastig, sondern einfach mit Stil, woran uns schon vor vielen Jahren einmal die *Thüringische Landeszeitung* in einer Überschrift nach der Obsternte mahnend erinnerte.

Kirschen mit Stil lagern, stand da.

An dieser Stelle müssen wir vielleicht kurz ein Wort über den nutzlosen Buchstaben fallen lassen. Immer wieder begegnen uns ja Wörter, lange Wörter, in denen man einzelne Lettern einfach streichen könnte – und man würde ihren Sinn immer noch erkennen.

Ein katalanischer Wirt hat das beispielsweise sehr elegant getan: *Pebrots de padró* stand da, *Pimientos padrón* und: *Olkszählungspfeffer*. Jeder, der seine Karte las, sah, dass *Volkszählungspfeffer* gemeint war, das V war aber einfach nicht nötig, es konnte gespart werden, *Olkszählungspfeffer* reichte vollkommen aus, um zu verstehen, wovon die Rede ist, nämlich vom *Volkszählungspfeffer*.

Was das ist?

Woher soll ich es wissen?

Man müsste es halt bestellen, dann sieht man es ja.

Pimientos padrón sind unreife grüne Früchte einer bestimmten Paprikasorte, die in Olivenöl gebraten und mit grobem Meersalz bestreut werden. Eine Vorspeise oder *Tapas*. Sie stammen aus der Umgebung des galicischen Ortes *Padrón*.

Im Spanischen aber bedeutet *Padrón* auch: Volkszählung.

Oder eben Olkszählung.

Wozu ein V, wenn es letztlich zum Erständnis unnötig ist?!

Radikaler noch ging jener Wirt vor, der einmal auf seiner Karte *Aufsteckspindeln von Lamm* verzeichnet hatte, beim nächsten Gericht dann aber, weil ja nun jeder das Wort *Aufsteckspindeln* einmal gelesen hatte, nur noch *Tckspindeln von Lamm* erwähnte. Jeder wusste, was gemeint war. (Auch wenn nicht jeder eine Ahnung hatte, was *Aufsteckspindeln* sein könnten. Ich ahnte: Es waren Lammspieße.)

Wir kommen nun von der Verkürzung der Wörter zu deren Verlängerung.

Hier gilt es wieder einmal auf eine der großen Schönheiten Sprachlands hinzuweisen, die Tatsache nämlich, dass es hier zauberhafte Dinge gibt, die anderswo nicht existieren, ja, *nicht existieren können*, weil sie ihr Vorhandensein rein und ausschließlich der Sprache verdanken, weshalb sie außerhalb Sprachlands, das ja selbst nur aus Sprache besteht, eben nicht denkbar sind.

Nehmen wir das Heinzelement, das einem Leser folgendermaßen angeboten wurde:

Edelstahl Wasserkocher bis zu 1,7 l max. Füllmenge, 360 Grad drehbar, Steckverbindung, integriertes Heinzelement, max. 2400 Watt.

Nun, was wissen wir eigentlich von *Heinzelementen*? (Gehen wir einfach mal davon aus, dass es Heinz-Elemente sind, und nicht *Heinzel-Emente* oder *Heinze-le-Mente*.) Im Grunde ist uns vorerst – aus dem Text – nur bekannt, dass sie integrierbar sind, zumindest im Edelstahl-Wasserkocher, nein, genau genommen nur im *Edelstahl Wasserkocher*, ohne Bindestrich. Das war's dann auch schon, in der Liste chemischer Elemente kommt das *Heinzelement* nicht vor, es müsste, alphabetisch gesehen, irgendwo in der Nähe von Helium zu finden sein. Ist es aber nicht. Und so rätselt man herum. Denkt auch zum Beispiel an die *Heinzelmännchen*, die vielleicht in Wahrheit *Heinzelmentchen* oder *Heinzelelementchen* heißen müssten. Untersucht auch den eigenen Wasserkocher, ob da irgendwo etwas zu sehen sein könnte, das ein *Heinzelement* sein könnte.

Nichts, was danach aussähe.

Es bleibt seltsam.

Also lassen wir es dabei, begnügen wir uns mit der Rarität des Fundes, ähnlich schön wie dieser hier: das *Rheinheitsgebot*, in dem das alte Wort *Reinheitsgebot* aufs Schönste um ein h ergänzt wurde. »Für Wissensdurstige«, ist da in einem Prospekt zu lesen. »Von Rheinheitsgebot bis Ökobier, von Bierkrieg bis Biermuseum: Bier ist in Bayern mehr als nur ein Durstlöscher ...«

Sofort entsteht da natürlich die Frage, ob ein *Rheinheitsgebot* tatsächlich zum Beispiel auch für die Donau oder die Altmühl gelten würde und worin es dann genau bestünde. Denn für den oberflächlichen Betrachter ist ja an den meisten Flüssen so gar nichts Rheinheitliches zu sehen, oft nicht mal etwas Rheinliches – aber was wissen wir schon über Rheinheit? Ist das Erhabene, Breite, in der Regel gut Schiffbare des Rheins gemeint? Flüsse sind ja sehr unterschiedlich, sie haben allenfalls gemein, dass sich in ihnen Wasser bewegt und sie irgendwann irgendwo rein oder vielleicht sogar rhein fließen, in einen anderen Fluss oder ein Meer. Vielleicht unterliegen nur Flüsse, die in den Rhein münden, dem Rheinheitsgebot? Der Main etwa, für den möglicherweise, ohne dass wir bisher Kenntnis davon gehabt hätten, auch ein *Mainheitsgebot* gelten könnte?

In der dritten Abteilung dieses Kapitels gilt unser Interesse nun *den ersetzten Buchstaben*, also der Tatsache, dass man statt eines Buchstabens auch einfach einen anderen verwenden kann, wenn einem danach ist.

Leser S. zum Beispiel entdeckte in seinem spanischen Urlaubsort den *Supermercado Felipe*, der auf seinem Firmenschild verkündete:

Hier wurde, jedenfalls im sogenannten Deutschen, der Buchstabe s konsequent durch ein f ersetzt, was vielleicht daran liegen mag, dass es der Supermarkt von Felipe ist. Wäre es der von Ricardo, stünde da sicher ER IRT BILLIGER, hieße der Besitzer hingegen Diego, läse man

ED IDT BILLIGER. Nun aber ist es eben *Felipef Fupermarkt*, in dem wir zum Beifpiel Reif, Rafierfeife, Müllfäcke, Nüffe, Falat und folche Fachen kaufen können.

Wenn wir gerade beim f sind, so will ich rasch vom *Restaurant zum Bären* in Ehrenkirchen erzählen, auf dessen Karte sich tatsächlich der schöne Satz findet, hier werde »frische groß geschrieben«.

Das f ist ein Buchstabe von besonderem Rang in diesem Kapitel, wie wir nun gesehen haben und auch im Folgenden noch sehen werden. Denn in Sprachland benutzt man ungern das ß, man mag es einfach nicht, kennt es in der Regel auch gar nicht, weil die deutsche Sprache die einzige ist, in der es überhaupt vorhanden ist.

Auf einer Speisekarte, die mir vorliegt, führt das zu folgenden Bestandteilen diverser Gerichte:

Süfz-saure Sofze
Süfzkartoffel-Püree
Filet vom Ochsen mit Trompeten des Todes-Sofze
Süfze Weinsofze

Jeder, der das gelesen hat, wird mir zustimmen, dass ein ß in diesen Wörtern keinem Leser wirklich fehlt, die *Trompeten des Todes*, die den Ochsen hierher begleitet haben, sind entschieden besser von einer *Sofze* als von einer *Soße* accompagniert, denn man hört da irgendwie die letzten Seufzer des Ochsen mit, die *Ochsensofzer*. Das hat eine gewisse, diesem Tier angemessene Würde und Poesie, dazu dann noch ein Seufzkartoffel-Püree, na gut, Süfzkartoffel. Und das ganze Süfz-saure des Lebens schwingt mit.

Ganz am Ende merkt man dann auf jener Karte, wie die f's knapp geworden sind, beim Apfel musste dann ein t einspringen, damit überhaupt ein Wort mit fünf Buchstaben zustande kam, es ist von *Aptel Gratin* die Rede.

Zum Schlufz dieses Abschnitts gelangen wir in Sprachland zu einer Entspanntheit im Umgang mit den Wörtern, die ganz wunderbar ist. Auf der Karte eines italienischen Restaurants fanden sich *Pappardelle al sugo di cinghiale,* also eine Art breiter Nudeln mit Wildschweinsoße, was dort aber so erklärt wurde: *Pappardelle mit sauce oder Soße beides moglich.*

Ist das nicht wunderbar? Dass man die Schreibweise eines Gerichts sozusagen mitbestellen kann?

Ja, es ist alles *moglich* und vieles wurscht. Wer einen Buchstaben ersetzen kann, der kann das auch mit zweien oder dreien tun.

Es ist egal. Es funktioniert trotzdem.

Auf der Karte des Restaurants *Pasaje Andaluz*, einer Art Sprachland-Kantine, entdecken wir Wörter wie *Schomorbraten, Kalbfkeisch, Häknchenteile, Ameeresfruchie, fchinken, knoblnach* und *konblauchasesse,* auch *venigrette,* und jeder weiß Bescheid. Nur bei *Filet vom scherftisch gegrillt* musste ich einen Augenblick nachdenken, bis ...

Na, klar: Schwertfisch.

KOMMA

Zu den großen globalen Sprachentwicklungen gehört der Verlust des Kommas. Auf *Twitter, WhatsApp* und in *SMS*-Nachrichten war das Komma noch nie en vogue, gewiss. Aber wer heute deutsche Schulaufsätze liest, weiß um ein Komma-Sterben großen Ausmaßes, befördert durch eine Rechtschreibreform, die an Stellen, an denen das Komma einst verpflichtend gesetzt werden musste, seine Nutzung nun ins Belieben des Autors stellt.

Ob das Komma das nächste Jahrhundert noch erleben wird?

Im Internet-Magazin *Slate* las ich einmal ein Zitat des Linguisten John McWhorter von der Columbia-Universität, wonach es nicht mal schade um das Komma sei. Aus einem großen Teil moderner amerikanischer Texte, so McWhorter, könnte man die Kommata bei so geringem Verlust an Verständlichkeit entfernen, dass die These vertretbar wäre: Wir brauchen das Komma überhaupt nicht.

Und was ist dann, lieber John McWhorter, mit dem Satz *Let's eat grandma!*, der, kommafrei, die Aufforderung beinhaltet, Großmutter zu essen, in der Version *Let's eat, grandma!* sich aber an die Oma selbst richtet: Lass uns essen, Großmutter! Wie viele amerikanische Großmütter verdanken ihr Leben einem Komma, Professor John McWhorter?

Dergleichen Beispiele sind viele.

Ein Komma kann alles verändern. *Was willst du schon wieder?!* ist etwas anderes als *Was, willst du schon wieder?!*, das Gleiche gilt für *Er versprach, mir das zu sagen* und *Er versprach mir, das zu sagen*. Bei *Wikipedia* kann man im Artikel über das Komma eine fiktive Kurzgeschichte lesen: »Ein Verbrecher soll gehängt werden, doch der König erfährt durch einen Boten in letzter Sekunde, dass der Todgeweihte unschuldig ist. Nun richtet er eine Nachricht an den Scharfrichter, die Nachricht heißt: ›Wartet nicht, hängen!‹ Der Scharfrichter erhält die Nachricht und hängt den Unschuldigen zur Empörung des Königs. Dieser hatte einen Beistrichfehler gemacht, er wollte eigentlich schreiben: ›Wartet, nicht hängen!‹«

Wie gesagt, ein Komma kann Leben retten.

Ich bin ein Freund des Kommas. Ich liebe das unauffällige Häkchen am Boden unserer Sätze, ich mag den Rhythmus, den es ihnen verleiht, die Klarheit und Struktur. Das Komma ist eine kulturelle Errungenschaft, die wir nicht hergeben sollten. Vor seiner Erfindung gliederte man geschriebene Sätze mit Schrägstrichen, *Virgeln* hießen die, heute würde man wohl *Slash* sagen. Vor der Virgel-Zeit musste man jeden geschriebenen Satz beim Lesen vor sich hin murmeln, um ihn verstehen zu können.

Wer will das?

Den Komma-Verächtern rufe ich zu: Komma her!

Kennen Sie noch Siw Malmkvists berühmten Schlager *Liebeskummer lohnt sich nicht, my darling*? Viele

Musikfreunde hören *Liebe Komma lohnt sich nicht, my darling,* ein Missverständnis, in dem sich erstens die so tiefe wie unbewusste Sehnsucht der Menschen nach Kommata offenbart, zweitens aber klar wird, wie sehr ein mitgesungenes Komma den Sinn auch eines Schlagers ins Gegenteil verkehren kann.

Liebe, lohnt sich nicht.

Spüren Sie das Abfällige in der Zeile, das Wegwerfende, das die Liebe Verachtende?

Ach, immer muss sich alles lohnen, und plötzlich lohnt sich nicht einmal die Liebe mehr, ohne Komma …

Komma, wo bist du geblieben?

Ich habe eine klare Antwort: Es ist in Sprachland. Es hat dort Asyl gefunden. Ideale Lebensbedingungen. Und damit ein ganz neues Leben.

Denn eines fällt ja deutlich auf: Je weniger Kommata gesetzt werden, desto mehr Apostrophe sehen wir. Überall, an jeder Ecke. Es werden mehr und mehr, und sie halten sich an keinerlei Regularien.

Eigentlich sind ja, dies vorab, die Regeln für die Nutzung von Apostrophen sehr einfach. Man nutzt sie, um anzuzeigen, dass in einem Wort Buchstaben ausgelassen worden sind (*Ein einz'ger Augenblick kann alles umgestalten*, nennt der *Duden* als Beispiel), auch bei längeren Auslassungen: *D'dorf, M'gladbach*. Man nutzt sie, wenn Wörter der gesprochenen Sprache hingeschrieben werden und sonst schwer verständlich wären: *Wir gehen in'n Zirkus* oder *So 'n Blödsinn*. Man schreibt sie bei der Genitiv-Form, wenn ein Name auf -s endet *(Hans Sachs'*

135

Gedichte) oder um die usprüngliche Namensform zu verdeutlichen: Andrea's Blumenladen.

Das wäre es im Wesentlichen.

In Sprachland aber wimmelt es von Info's, Büro's, Job's, *an's, auf's, CD's und Nudel'n*. Wer sich in das Thema verbeißen will, der kann eine Internetseite wie *apostrophenkatastrophen.de* aufsuchen und dort die absonderlichsten Dinge finden, Aushänge, Anzeigen, Plakate, Schilder mit Texten wie diesen:

Hier Weihnacht's Baum Verkauf

Immer wieder Freitag's – immer wieder ander's

Wir fertigen exclusiv für Sie das *Erzgebirg's-Fenster*

Spielzeug von Damal's

Après Ski Party – Die Berge wollen feier'n

Bahnhof's Grill

Das fit'e Sportstudio

Und immer wieder, wirklich immer wieder an Imbissbuden aller Art: *Futter'n wie bei Mutter'n.*

Okay, einer geht noch: das Hotel Restaurant Bar *Mediterr'an* in Hamburg.

Und dann dieser: *Diese Sachen haben Leider* Nicht's *im Laden zu suchen: Hunde und Zigaretten.*

Und nehmt dies zum Schluss, bitte: die Internetseite einer Hobby-Dichterin namens Rosemarie – da stand:
... ich bin ein absoluter Beatel's *Fan.*

Das ist nicht alles. Das sind nur sehr, sehr wenige Beispiele.

Aber was ist der Apostroph, seinem ganzen Erscheinungsbild nach? Doch nichts anderes als ein nach oben gehüpftes Komma!

Vom angelsächsischen Genitiv *(McDonald's, His master's voice)* ausgehend, hat der Apostroph allmählich nicht nur auch unsere Genitive, sondern überhaupt alle Wörter zu durchdringen und auf unvorhersehbare Art und Weise zu erobern vermocht.

Mit dem Komma hingegen verhält es sich wie mit der Plastiktüte: Ist es einmal in der Welt, verschwindet es nicht mehr, und wird es unten nicht mehr verwendet, hüpft es nach oben. Wie alter Kunststoffmüll sinnlos durch die Weltmeere treibt, so verseuchen ungenutzte Kommata nun im Apostrophenkleid unsere Sprache. (Übrigens lautet eine ältere Bezeichnung für den Apostroph auch: *Hochkomma*.)

So kann man das jedenfalls sehen.

Und so sehen es viele Apostroph-Gegner, Kämpfer, die im Internet unterdessen schon zum *Apostrophozid* aufrufen: »Alle nichtexistenzberechtigten Apostrophe müssen aus dem öffentlichen Leben verschwinden.«

Übrigens gibt es einen Bereich, wo man dabei Erfolge erzielt hat: der Dialekt in seiner schriftlichen Form. Bei Ludwig Thoma liest man noch Sätze, die bisweilen von Apostrophen nur so wimmeln, in seinem Stück *Magdalena* zum Beispiel: »Gafft's no her und schlagt's d' Händ z'samm.«

Damit tue man jedoch, schreibt der bayerische Sprachforscher Ludwig Zehetner in einem Aufsatz, »dem Dialekt Gewalt an, der ja ein eigenständiges System darstellt, das von der Hochsprache weitgehend unabhängig ist«. Glücklicherweise, so Zehetner weiter, habe man sich von dieser *Apostrophitis* in jüngerer Zeit weitgehend befreit und schreibe heute statt *i' hab's g'rad' g'sehg'n* besser *i hobs grod gseng*. Denn der Dialekt hat sich im Schriftlichen nicht der Hochsprache anzupassen (nichts anderes geschieht ja durch dieses Apostrophengewimmel), sondern er bleibt auch hier etwas Eigenes.

Man kann das sehr schön an dem Wort *Wiesn* sehen, mit dem in München das Oktoberfest bezeichnet wird. Für Nichtbayern scheint das ein Plural zu sein: *eine Wiese, zwei Wiesen*, und wer hier einen Apostroph einfügt und *Wies'n* schreibt, der erkennt das quasi an und macht einen groben Fehler. »Mundart ist ... keine verstümmelte Hochsprache und der Apostroph immer falsch«, schreibt Daniel Scholten, der ein Sprachbuch unter dem Titel *Deutsch für Dichter und Denker* veröffentlicht hat. Das Wort *Wiesn* rührt nun mal daher, dass es im Bairischen kaum Hauptwörter auf -e gibt; die *Nase* ist die *Nosn* und die *Suppe* die *Subbn*. (Im Übrigen gilt das alles auch für andere Mundarten, das Schwyzerdütsche zum Beispiel. Es ist falsch, das Abendessen dort *Z'Nacht* zu schreiben, es heißt *Znacht*.)

Kann es aber sein, dass die aus dem Dialekt so verbannten Apostrophe nun auch noch – zusätzlich zu all den ungenutzten Kommata – in unserer hochdeutschen Schrift auftauchen: heimatlose, wie irr durch all das Geschriebene taumelnde Gesellen?

Aus meiner eigenen Sammlung stammt *Wir bilden Wirklichkeit's nah aus* auf dem Werbeschild einer Fahrschule – und auch die *Mittwoch's Hose*, die in einer Reinigung besonders günstig gereinigt wurde. Das war aber nicht etwa die Hose Herrn Mittwochs, sondern die Rei-

FAHRSCHULE
FÜHRERSCHEIN KLASSE BE "
Wir bilden Wirklichkeit's nah aus!

nigung sollte *an einem Mittwoch* geschehen, also nicht *dienstag's* oder *donnerstag's*.

Was soll man nun dazu sagen?

Nichts?

Oder nicht's?

Man muss die Sache sehen wie sie ist: Die Kommata mussten aus einer Welt fliehen, in der man keinen Platz mehr für sie hat. Sie konnten sich aber nicht auflösen, die Kommata können sich nicht umbringen, sie sind nun mal da, sie haben nicht weniger Recht als die Punkte und Doppelpunkte, die Ausrufe- und Fragezeichen. Und sie fanden nur einen Weg für sich: nach Sprachland. Dort wurden sie frei von der Erdanziehungskraft, sie lösten sich von den Böden der Wörter und Sätze, sie sprangen empor und lernten das Schweben.

Aus den Kommata wurden Apostrophe.

Und wir müssen erkennen, dass es nur zwei Möglichkeiten gibt: Entweder wir akzeptieren das und freuen uns daran, wie sich die Apostrophe ihres oft so überraschenden und unverhofften Dasein's freuen.

Oder wir setzen wieder mehr Komma,s.

Lyrik ohne Absicht

**Der lange Tag eines Werbetexters,
der seinen Duden nicht fand**

*Ist die Waschmaschine end eins
Das ist Elektro Müller seins!!!*

*Ist die Waschmaschine end zwei,
eilt Elekro Müller herbei.*

*Ist die Waschmaschine end drei
Fährt Elektro Schröder vorbei*

*Ist die Waschmaschine end vier
Ist's Elektro Schulze sein Bier*

Ist die Waschmaschine end five
War sie noch nicht ganz marktreif

        Ist die Waschmaschine end sechs
        Kommt Elektro Dingsbums ums Eck,
        äh, um Ecks? (Ach, Scheiße alles hier!)

Ist die Waschmaschine end sieben
Musstu macken sauba Flusensieben

        Ist die Waschmaschine im Arsch
        Setzt Elektro Schmidt sich in Marsch

Ist die Waschmaschine end acht
Euern Scheiß alleine hier macht

        Ist die Waschmaschine defekt
        Ist der Elektronotruf belegt, äh, beleckt …
        (Wo ist denn das verdammte Reimlexikon!?)

Ist die Waschmaschine end neun
Wird mein Nachfolger sich freu'n

        Ist die Waschmaschine end zehn
        Muss ich hier Sachen packen und geh'n

Vokabeln

NETZERSATZANLAGE

In Sprachland kennen wir keine Bindestriche, dadurch bekommen manche Wörter einen schönen Doppelsinn. Die *Discounterkleidung* zum Beispiel kann sowohl eine *Discounter-Kleidung* vom Billigheimer sein wie eine *Disco-Unterkleidung,* wozu immer die genau benötigt wird. In der Disco trug man ja früher ohnehin nur das Nötigste.

Und der Begriff Haltausfall, den Herr H. einmal entdeckte, als an der S-Bahn-Station Düsseldorf-Flingern die erwartete S 28 (mit der H. zum *Neanderthal Museum* fahren wollte) am Bahnsteig einfach durchrauschte. Unser Mann studierte die Aushänge der Bahn und entdeckte dabei die Ankündigung von *Haltausfällen,* womit die Bahn sagen wollte: An bestimmten Stationen halten unsere Züge nicht, der entsprechende Halt fällt also aus. H. indes interpretierte den Begriff als jenen *Halt-aus-Fall,* der für Reisende immer wieder eintritt, ein Fall, in dem der Bahnfahrer seine innere Stimme dröhnend rufen hört: *Halt aus! Halt aus!*

Nebenbei gesagt, erinnert mich das an einen Brief von Herrn B. aus Heist, der sich seinerseits an die Zeiten erinnerte, als er mit den ersten Ziehharmonika-Überlandbussen der Autokraft-Verkehrsgesellschaft zu seiner Großmutter in die Nachbarstadt fuhr. Er schrieb: »Über dem sehr elastischen Ziehharmonikateil prangte ein in unregelmäßigen Abständen aufflammendes Leuchtzeichen mit der Aufschrift *Wagen hält*, das, wie ich vermutete, dazu diente, die Passagiere zu versichern, dass der Wagen an der Ziehharmonika nicht auseinanderfallen, also *halten* würde.« Dass dieses Zeichen etwas mit der ebenfalls neu eingeführten roten Stopptaste an der Tür zu tun haben könnte, kam B. nicht in den Sinn; er hielt das für eine Art Notbremse.

Ist das nicht überaus rührend? Wie man sich in Sprachland um die Passagiere sorgt? Dass ihnen also durch Leuchtsignale während der Busreise immer wieder die Angst genommen werden soll, ihr gebrechliches Gefährt könnte in rasender Fahrt zerfallen?

Und dann wäre da noch Frau T. Sie fand unter anderem diese schönen Begriffe:

Einbaumessgerät, das wäre also sowohl ein Messgerät, das man einbauen kann, als auch ein Hilfsmittel zum Verzehr von Einbäumen.

Kranöse, das sind einerseits *Kran-Ösen*, also ringförmige Schrauben, die man an Gegenständen befestigt, damit sie von Kränen gefasst und gehoben werden können, als auch *Kranösen*, mit der Betonung auf dem ö, ein Begriff, der aus dem Französischen stammen könnte, von *craneuse* vielleicht, Moment, ich schaue nach ... Tatsächlich! Ein *crâneur* ist ein Angeber, eine *crâneuse* eine Angeberin wie auch die *Kranöse* eben, klingt etwas altmodisch wie *Frisöse*, aber bitte.

Feinsterze, also *Feinst-Erze*, womit Erze gemeint sind, die noch feiner als fein sind, allerfeinst also, andererseits

Fein-Sterze, worunter sich T. »pelzige Tiere« vorstellte, feinpelzige natürlich. Allerdings stellte ich fest, dass es den Begriff *Sterz* tatsächlich gibt. Man versteht in der österreichischen Küche darunter ein Arme-Leute-Essen, pardon Armeleuteessen, bei dem eine einfache Speise irgendwie kleinbröckelig zubereitet wird, gewissermaßen dem *Schmarrn* verwandt. Aus Maisgrieß macht man einen *Türkensterz,* aus Kartoffeln einen *Erdäpfelsterz.* Wobei ich es reizvoll finde, den als *Erdäpfelst-Erz* zu verstehen. Damit wäre ja erstens verbunden, dass man dass Wort *Erdäpfel* steigern könnte wie ein Adjektiv, ohne dass es ein Adjektiv ist: *Erdäpfel, Erdäpfeler, Erdäpfelst.* Und dass es zweitens ein Erz geben müsste, dass nicht feinst ist, sondern *erdäpfelst,* und das gibt es natürlich, weil es in Sprachland alles gibt.

Weiterhin wäre da noch die Mail von Frau K., die einmal im Bremer *Weser-Kurier* (in Sprachland natürlich der *Weserkurier*) eine Veranstaltung unter dem Titel *Erbrecht beim Frühstück* angekündigt fand, was ihrer Ansicht nach eigentlich nicht für das Frühstück sprach – wieso sollte man eine Mahlzeit einnehmen, bei der gleichzeitig zum Erbrechen aufgefordert wird? Gemeint war *Erb-Recht,* das im Rahmen eines Frühstücks erklärt werden sollte, Testament und so, Sie wissen schon.

Nun aber zur Netzersatzanlage, ein Wort, das Leser D. aus Dortmund in einer Hamburger Tiefgarage entdeckte. Im normalen Leben ist damit ein Notstromaggregat gemeint, das anspringt, wenn das Stromnetz ausfällt und also kurzfristig zu ersetzen ist. Ich verstehe darunter allerdings eine Anlage, der man *Netzersätze* entnehmen kann, jene Weisheiten also, die der große Fußballer und spätere Fernsehkommentator Günter Netzer uns stets so freigiebig zur Verfügung stellte, vergleichbar einer *Beckenbauersatzanlage* oder einer *Lotharmatthäussatzanlage.*

Ich nehme an, in eine Netzersatzanlage kann man Münzen einwerfen, worauf man solche Netzersätze, also wirklich einmal von Günter Netzer gesprochene Sätze, zur Verfügung gestellt bekommt:

- *Kopfball war für mich immer so etwas Ähnliches wie Handspiel.*
- *Die meisten Spiele, die 1 : 0 ausgingen, wurden gewonnen.*
- *Da haben Spieler auf dem Spielfeld gestanden, gestandene Spieler.*
- *Ich hoffe, dass die deutsche Mannschaft auch in der 2. Halbzeit eine runde Leistung zeigt, das würde die Leistung abrunden!*
- *Der Kopf denkt, der Fuß versenkt.*
- *Diese dumme Frage braucht eine dumme Antwort.*
- *Woran das liegt, dass er kein Tor schießt? Er trifft das Tor nicht.*

Ist es nicht überaus seltsam, dass man solche Sätze heute nur noch in einer Hamburger Tiefgarage bekommt?

Zu den hervorstechenden Schönheiten Sprachlands gehört die ungeheure Variationsbreite bei jedem einzelnen Wort. Schon bei einem kurzen Blick auf seine Sehenswürdigkeiten wird uns klar, von welcher Langeweile wir in allen anderen Gegenden der Welt umgeben sind, von den immer gleichen Wörtern.

Schnitzel, zum Beispiel, Schnitzel, Schnitzel, Schnitzel, immer Schnitzel.

In Sprachland hingegen haben wir bei nur flüchtigem Hinsehen sofort fünf Varianten von Schnitzel zur Hand.

Schwitzel, Schnicl, Schnischlein, Schnilzel und *Snitsel*.

Das führt dazu, sich auch andere Möglichkeiten vor Augen zu führen.

Shnizl vielleicht, *Schnihcel, Tschnitschelein, Shniltzl* oder *Shnietzl*.

Der Blick weitet sich, die Phantasie wird groß.

Welcher Reichtum! Welche Vielfalt!

Es ist ein bisschen wie früher, denn in Deutschland gab es ja bis ins 18. Jahrhundert keine einheitliche Rechtschreibung. Man schrieb eher so nach Gefühl und Gehör oder so, wie man es mal irgendwo gelesen hatte. Bisweilen schrieb der-

selbe Autor dasselbe Wort im selben Text unterschiedlich. Es ist wahrscheinlich gut und richtig, dass es so
nicht mehr ist. Aber ein kleines Probierfeld für andere
Möglichkeiten sollten wir uns gönnen.

Ich möchte das an einem anderen Wort demonstrieren.
Demnächst.

Also, ich meine, ich zeige es *jetzt.* Aber am Beispiel des
Wortes *Demnächst.*

Davon finden sich im Sprachland-Nationalarchiv mehrere Varianten, auf der Ankündigung der Neueröffnung
eines Auktionshauses im Schaufenster desselben zum
Beispiel *Demnegst* – und auf einem Schild, das ebenfalls
eine Eröffnung ankündigt, hier aber die eines italienischen Lokals *Dem Nechtst.*

Wobei ich das zweite Schild auch insgesamt besonders
großartig finde, weil hier tatsächlich von jedem einzelnen Wort eine andere Möglichkeit der Schreibung vor-
geführt wird. Man liest dort:

Dem NechtsT Eröffnen Hier
Eine Italianische Trattoria

Ja, sogar zu *Trattoria,* ein Wort, das jedem Italiener
geläufig ist, haben wir hier eine Alternative. In Sprachland leben eben auch *Italiener,* und die nehmen sich die
Freiheit, mal *Trattorio* zu sagen, wenn ihnen danach ist,

sozusagen die männliche Variante der *Trattoria*. Vielleicht sollte man auch zu *Osteria* und *Pizzeria* nicht-weibliche Alternativen haben?

Osterio? Pizzerio?

Na ja, *Dem Nechtst* vielleicht.

Oder *demnäxt*?

Mir schickte zum Beispiel jemand seine Rechnung aus einer *Take out-Pizzeria* zu, und auf dieser Rechnung standen als Beschreibung der gelieferten Pizza so großartige Wörter wie:

Ohne Schanbnion

Mit Erd Schoke

Fenik Paproni.

Nun sind *Schnitzel* und *Demnächst*, auch *Champignon*, *Artischocke* und *Peperoni* noch relativ einfache Wörter. Die Vielfalt der Möglichkeiten, ein Wort anders zu schreiben, steigt aber mit dessen Länge, der Anzahl seiner Buchstaben also.

Weshalb wir die langen Wörter besonders lieben.

Nehmen wir den Begriff *Konsequenzen*, der eine große Variabilität der Schreibweisen bietet, deren Höhepunkt allerdings mit einem Zettel erreicht worden sein dürfte, den eines Tages jemand in Offenbach unter dem Scheibenwischer seines Autos fand.

Machst du dein Auto von Parkplatz weg sonst gibt es konzigwensen.

Besonders beschäftigt hat mich der Buchstabe in der Mitte von *konzigwensen*, den man nur auf der Abbildung

Rechnung

Anzahl Bezeichnung

3 (a15) Star Pizza, 26 cm
1 (9) Vierjahrezeiten, 26 cm
  OHNE SCHANBNION
  MIT ERD SCHOKE
1 (a16) Puten Pizza, 26 cm
  FENIK PAPRONI

Gesmatbetrag
Im Rechnungsbetrag enthaltene
19% MwSt.   Bruttobetrag
7% MwSt.   Bruttobetrag   3

149

des Zettels sehen kann: Er hat bei flüchtigem Hinsehen das Aussehen einer Breze oder einer müden, auf die Seite gelegten 8 oder auch die des Unendlichzeichens ∞.

Also da steht so was Ähnliches wie *konzig∞ensen*.

Was tatsächlich eine Neuerung bedeuten würde, die Möglichkeiten der Falsch-Orthografie betreffend: dass man zu den vorhandenen Buchstaben, die sich falsch verwenden lassen, auch noch neue erfindet, die natürlich *in jedem Fall* unrichtig zu verwenden sind, weil es richtige Möglichkeiten ja gar nicht gibt.

Jedenfalls ist mir kein Wort bekannt, in dem eine Breze, eine flach liegende 8 oder das Unendlichzeichen ∞ am Platze wären.

Wahrscheinlich ist es hier aber doch nur ein etwas undeutlich geschriebenes kleines w.

konzigwensen.

Schön auch, wie s und z einfach die Plätze getauscht haben, nicht wahr?

Ganz wichtig finde ich: Man erfährt hier in Sprachland immer wieder etwas über andere Möglichkeiten, man weiß, alles könnte immer auch anders sein! Was übrigens eine der Kernkompetenzen der Literatur ist: Es geht doch eigentlich in jedem Roman und jeder Erzählung immer um die Vorstellung, alles könnte auch ganz anders sein, nicht wahr?

Zwar haben wir uns im deutschsprachigen Raum darauf geeinigt, das Wort *Konsequenzen* ganz konsequent *Konsequenzen* zu schreiben. Aber jeder von uns, dem danach ist, könnte es auch anders schreiben, auf einem Zettel unter einer Windschutzscheibe, in seinem Tagebuch oder sogar in einer Mail an den Chef, jedenfalls, wenn man bereit ist, dann die *konzigwensen* zu tragen.

Alles kann immer auch ganz anders sein: Wann wäre es je wichtiger gewesen, das zu wissen, als heute, in einer Zeit, in der – beim Ausbruch der Covid-19-Pandemie zum Beispiel – alles von einem Tag auf den anderen ganz anders war.

Vielleicht wird schon *demnegst* wieder Ähnliches geschehen.

Da sollten wir gewappnet sein.

Nun aber noch einige Anmerkungen zum Begriff *Hühnerbrustfilet*.

Allein auf einer einzigen Speisekarte entdeckte ich zwei großartige Versionen!

hühnerbmstfilet

Hühmernmstfilet

Da möchte man doch eigentlich sofort weitermachen, nicht wahr?

Zum Beispiel.

Hühmerbrmstfilet.

Hünehehrhmstfilet.

Ühnürmhmmstfilet.

Nur das -*filet* am Schluss muss immer bleiben, sonst sind wir frei, was die Wortgestaltung angeht! In dieses *mst* oder *mmst* oder *hmmst* in der Mitte des Wortes aber lassen wir uns fallen wie in ein großes weiches Kissen – und am Ende ist das ein Gesamtklang wie das *Rummtata* einer Blaskapelle, bitte stimmen Sie ein:

Mmmmstfilet, Mmmmstfilet, täterätätäh!

Ja, danke, sehr schön.

Hühener – Mmmmstfilet. Rummsfilet.

Gut, das hätten wir. Nun noch die Frage: Warum muss man *Ingwer* immer *Ingwer* schreiben?

Warum nicht mal: INGEWEAR? Es gibt doch auch Streetwear, Sportswear. Und apropos, wenn wir doch auch Hardware und Software haben, wieso nicht gleich INGEWARE?

Und warum muss es immer *Babysitting* heißen, wenn doch dieses Wort hier viel schöner ist, weil in ihm erstens so viel enthalten ist von der Mühsal des Sprachenlernens, den Fehlschlägen dabei, den Anstrengungen des Sichhineinhörens in fremde Klänge, dem Willen, etwas zu können – und weil zweitens auf genau diesem Weg unsere Sprache bereichert worden ist um einen neuen Begriff? (Frau W. überließ es mir dankenswerterweise, sie klaubte es von einem Schwarzen Brett mit allerhand Aushängen.)

Beibicity.

Kleine Anmerkung dazu: Mein lieber Freund L. kam eines Abends heim und fand einen Zettel seiner bosnischen Zugehfrau vor, die ihm schrieb, das Abendessen für ihn befinde sich im Ofen.

Und zwar im *Rheumatopf*.

L. wusste, was gemeint war.

Und das Essen war gut.

PUTZ FRAU suche arbeit
iN Wohnung Büro
auch Für: beibicity
und bügeLN

Vokabeln

WEEIATENE

Manchmal heißen Dinge in Sprachland nur ein wenig anders als bei uns.

Einige Beispiele:

Venusmuscheln = Venusmuchenln
Knoblauch = hnobauch
Halber Hummer = Halber Nummer
Messermuscheln = Messeruscheln
Fischernetz = Fischnrtz
Kalbsfilet = Klabsfilet
Zwiebeln = Zveibein
Schinkenspeck = Skinkenspeck

Knoblauchgarnelen = Knoblauchgar Nelen (übrigens als Bestandteil eines Gerichts namens *Voll Aufgeregt*, süß irgendwie, wenn man sich vorstellt, wie die Speise zitternd vor Aufregung auf unseren Tisch kommt, weil sie wahrscheinlich zum ersten und sicher auch zum letzten Mal in ihrem Leben serviert wird).

Knoblauch fand ich auf einer thailändischen Karte in München einmal als Knochblau übersetzt. Ist das nicht reizendst?! (Zumal es im Englischen dann tatsächlich Knoch Blue hieß.)

Rätselhaft ist mir bis heute die schon ziemlich alte Karte eines französischen Restaurants, auf der die Preise noch in Francs angegeben sind. Hier gibt es Gerichte wie *Eier der Flutwelle sprangen* und *Krake der Sowelle sprangen*, aber darum geht es jetzt gar nicht. Sondern um die Wörter, die auch nur ein klein wenig buchstabenverrutscht zu sein scheinen, ohne dass ich aber in der Lage wäre, zu benennen, was da wohin gerutscht sein könnte.

Zum Beispiel steht unter dem *Versorgten Omelett*, das ja an sich schon rätselhaft genug ist, ein *Krsorgtes Omelett*. Unter den *Gebratnenen Garnelen* für 22.000 stehen *Stratene Garnelen* für 14.000, darunter wiederum *Weeiatene Garnelen* für 10.000, offensichtlich also eine einfachere Art der Zubereitung.

Aber was ist *stratene*? Was *weeiatene*?

Hier muss weiter geforscht werden. Wer immer irgendwo in der Welt den Wörtern *stratene* und *weeiatene* begegnet, wird hiermit aufgefordert, die entsprechende Speise zu bestellen, zu fotografieren, zu dokumentieren, nach Möglichkeit zu essen und mich über die Ergebnisse zu informieren, damit die Arbeiten am *Großen Sprachländischen* Wörterbuch weitergehen können.

Außerdem wüsste ich bei Gelegenheit noch gerne, was *Salat mlat* ist, und auch, was *Salat it Kalmaraalat it Ka* bedeutet.

Lyrik ohne Absicht

**Das Tragen von Informationen auf Risikios
von überwältigend roh vom Sektor vom Richiusa**

WARNEN SIE !!!

*Risiko wichtiger wasser-ankunft
bei niederschlägen*

*Um nicht im bett des reißen
strom zu bleiben.*

*Um die nächsten höhen sofort
zu gewinnen, während das
warten auf einen senkung, aus
gefahr zu sein.*

*Zurück auf Ihrem fuß zu nicht
Kommen, um zu vermeiden
Trägt durch die strömung weg.*

*Um ihre gegenwart anzuzeigen#wenn sie abgesoindert
werden
Um von den notfall-teams
Markiert zu werden.*

*Ihre ruhe-hilfen zu behalten
Ist bereit einzuschreiten.*

Schild auf Korsika 2006

SCHILDER 2

Einmal sah ich am Straßenrand einen Baum, der gerade ein Schild verzehrte. Die Straße, an der er sich befand, hieß An der Rennbahn, so stand es auch auf dem Schild, eigentlich aber nur noch für den erkennbar, der es wusste. Das Schild war im Grunde schon allen Schilderlebens ledig, kaum noch ein Schild eigentlich, fast machte es den Eindruck einer leblos in einem Löwenmaul hängenden Gazelle.

Ich hatte nicht gewusst, dass Bäume Schilder fressen. Noch nie war ich eines solchen Vorgangs Zeuge geworden.

Ich legte mein Ohr an die Baumrinde und hörte ein sehr langsames und außerordentlich leises Mahlen im Bauminnern, unterbrochen nur von einem gelegentlichen Knacken, wie man es vernimmt, wenn etwas bricht.

Dazu ein Wimmern.

Ich ging weiter und sah einen anderen Baum, er war mit einem Kreuz markiert. Ich betrachtete sorgfältig sein Baum-Maul und dachte: Hat er schon ein Schild gefressen? Wird er es eines Tages tun?

BUCHSTABEN 3

Im Wartezimmer des Hautarztes lesend, stieß ich in der Zeitung auf das Wort Wildgehegegenehmigung, das mir in seinem Zentrum, also diesem -gehegegenehm- gut gefiel. So viele g! So viele e! Man denkt das sofort weiter, nicht wahr? Denn wenn es eine Gehegegenehmigung gibt, muss es nicht auch einen Gehegegesetzgeber, äh, geben?

Jedenfalls sind das schon mal sieben e in einem Wort.

Ich schnappte mir mein Smartphone und klickte im Internet herum, wo es wundersamste Dinge gibt, das längste einsilbige Wort (du schnarchst oder auch du schrumpfst), das kürzeste dreisilbige Wort (Ikea), auch Wörter, in denen alle Vokale in alphabetischer Reihenfolge vorkommen (Magermilchjoghurt, Wasserskisportclub, Mastfleischkonsum), ja, bei Araeioutput, der Legeleistung eines Papageis, hat man aeiou direkt hintereinander. (Man findet so was auf der schönen Seite *FAQL.de* von Ralph Babel.)

Oder, hier, das Wort mit den meisten Konsonanten hintereinander: Angstschweiß wird oft genannt, Flanschschraube oder Glückwunschschreiben, das sind acht, immerhin, aber fast ein bisschen unfair, weil das *sch* zwar aus drei Buchstaben besteht, aber nur ein Klang ist.

Das sind so die Debatten, in die man da gerät.

Lässt man das *sch* weg, ist Herbstpflanze mit sieben Konsonanten rekordverdächtig. Ansonsten wäre eine Mischung zweier russischer Suppen unschlagbar, Borschtsch und Schtschi, also Borschtschschtschi. Aber so was ischt ja niemand, also, isst, meine ich.

Welches ist das Wort mit den meisten Vokalen hintereinander? Gut gefiel mir die Donauauaufforstung wegen dieses auauau, auch der Zoooologe, das ist ein Eierkundler (Oologe), der im Zoo arbeitet. Findet man aber genauso wenig im Duden wie die Nausikaaaaaalsuppe, das ist (oder sagen wir: wäre) eine von Nausikaa, der Tochter des Königs der Phäaken, zubereitete Suppe von Aalen aus dem Fluss Aa. Würde man aber beim Scrabble nicht gelten lassen, glaube ich, zumal es da nur fünf A-Steine gibt, man bräuchte also schon einen der Blanko-Steine dafür.

Ich steckte das Smartphone wieder ein.

In meinem Kopf breiteten sich Wörter mit e aus.

Zweckentfremdet, nervenzerfetzend, Hebewerkschef, Leberschmerz, weltekelerregend, Beschwerdestelle. Der Bretterzerschmetterer gefiel mir gut, aber letztlich sind das auch nur sechs e, nicht wahr? Aber wenn der Bretterzerschmetterer verheiratet wäre, lebte er in einer Bretterzerschmettererehe, was? Na ja. Acht.

Wie viele e's passen in ein Wort?

Kurz ärgerte ich mich, dass man Leberkässemmel mit ä schreibt, der Leberkeessemmelfressexzess wäre zu schön gewesen. Segeln, Segelwettbewerb, Segelwettbewerbsregeln, Segelwettbewerbsregelwerk, Segelwettbewerbsregelwerkverbesserer.

Zwölf Mal e, klingt gut, was?

Im Internet hatte es das Wort Edelebereschenbeerengelee gegeben, auch zwölf e, das hatten wir nun. Nur muss das Gelee irgendwo aufbewahrt werden. Wie wär's mit einem Edelebereschenbeerengeleebecher? Wobei, viel Gelee geben diese Edelebereschenbeeren wohl nicht her, also wäre fast ein Edelebereschenbeerengeleebecherchen besser.

Huuuuh! 15.

Und, bitte, bräuchte so ein Edelebereschenbeerengeleebecherchen nicht auch ein Deckelchen? Ein Edelebereschenbeerengeleebecherchendeckelchen?

Achtzeeeeeeeeeeeeeeeeeeehn!

Ich wurde ins Sprechzimmer des Arztes gerufen.

Warum war ich noch mal hier?

Ich zeigte auf eine Hautrötung an der rechten Hand, die mich beunruhigt hatte.

Mir schoss das Wort Gehegegeselle durch den Kopf. Wäre dies das zweite Tier im Gehege, das sich zum ersten gesellt, einem Reh vielleicht, im Rehgehege? Oder eher ein Beruf, der Mann also, der sich um das Gehege kümmert, dem Gehegemeister zuarbeitend, ein Rehgehegegeselle?

Ekzem, sagte der Arzt. Ein klassisches Rehgehegegesellengebrechen.

Nein, sagte er natürlich nicht.

Aber er gab mir Creme.

GESCHICHTEN

In Sprachland essen zu gehen, bedeutet, sich mit Geschichten zu beschäftigen. Denn auf den hiesigen Speisekarten heißen Gerichte nicht einfach *Schweinebraten mit Knödeln* oder *Spaghetti al ragù*, sondern in ihren, wie soll ich sagen?, *Titeln* geschieht etwas, da wird erzählt: Rätselhaftes meistens, das die Phantasie anregt, Erklärliches und Unerklärliches.

Erst mal zum Erklärlichen.

Mein erstes Lieblingsbeispiel ist das Gericht *Sie flüchten zum Gitter*, das gelegentlich auch *Sie entweichen zum Rost* genannt wird. Im Italienischen heißt es *Scampi alla griglia*. Das Verb *scampare* bedeutet *flüchten* oder *entweichen*, das hatten wir schon kurz im Kapitel über *Essen*. *Scampi* heißt demnach nicht nur der dem Hummer ähnelnde Kaisergranat (der oft mit irgendwelchen Garnelen verwechselt oder in der Gastronomie sogar absichtlich vertauscht wird), sondern es ist auch die zweite Person Singular von *scampare*: *scampi* heißt *du flüchtest*. *Sie flüchten,* der Plural also, würde *scampano* heißen, *griglia* ist das *Gitter,* gemeint ist natürlich das Gitter des Grillrostes. *Scampi alla griglia* bedeutet eigentlich also *Du flüchtest zum Gitter*, aber das nur nebenbei.

Mein zweites Lieblingsbeispiel ist eine Speise namens Bourbone bumst, die sich auf der schon mehrmals er-

Recidemia

Seite   Diskussion   Lesen   Quelltext anzeigen   Vers

Bourbone bumst

Beschreibung

Beigetragen durch / Gruppe / catsrecipes / Catsrecipes Y-Group⧉

- Marken ungefähr 6 Dutzende.

Bestandteile

- 1 Tassen zerdrückten Schokoladenwaffeln
- 1 Tassen hackten fein verrückt (Pecannüsse, Walnüsse oder Mandeln)
- 1 Tassen gepulverter Zucker
- 1½ Esslöffel leichter Maissirup oder Honig
- ¼-Tasse Bourbone, oder Rum oder ein gewürzter Likör)

Richtungen

1. Vermischen Sie alle Bestandteile zusammen.
2. Form in kleine Bälle und Rolle von gepulvertem Zucker oder gepulvertem Kakao.
3. Store deckte in einem luftdichten Behälter.

Kategorien: Almond Rezepte | Bourbon Recipes | North American-Küche | Feiertags-Rezepte | Kon
Vorspeise Rezepte | Nussbaum Rezepte

Hauptseite
Gemeinschaftsportal
Aktuelle Ereignisse
Letzte Änderungen
Zufällige Seite
Hilfe
Spenden

Werkzeuge
Links auf diese Seite
Änderungen an
verlinkten Seiten
Spezialseiten
Druckversion
Permanenter Link
Seiteninformationen

wähnten Obersuperinternetseite *de.recidemia.com* findet. Es ist nicht ganz klar, welche Bourbone hier bumst, ob Ludwig XIV. von Frankreich oder Juan Carlos I. von Spanien, es ist auch egal, das bleibt den Vorstellungskräften der Leserschaft überlassen. *Bourbone bumst* wird mit zerdrückten Schoko-Waffeln, Nüssen, Zucker, Honig und eben Bourbon-Whisky zubereitet, denn im Original heißt die Süßspeise *Bourbon Balls*, kleine, in Puderzucker gewälzte Bällchen mit Whisky. Und *to ball* heißt nun mal auch *bumsen*, die Übersetzungsmaschine weiß das und hat nach dem Schema Subjekt *(Bourbon)* und Prädikat *(balls)* übersetzt.

162

Ergebnis: siehe oben.

Nun zum Unerklärlichen. Und damit dem Interessanteren, denn das Unerklärliche provoziert unsere Vorstellungskraft.

Es folgen die neun meiner Meinung nach interessantesten Gerichte der sprachländischen Küche.

1) *Weihnachten schneit Salat* von *de.recidemia.com* (*… Lassen Sie sachte sich danach falten fünf Bestandteile und Ananas in Gelatinemischung; strömen Sie darin ein leicht geölter 4-Becherschimmel. Kühle bis Firma. …*)

2) *Knusperiger Salat Verlässt alles Beglückwünschtes mit Soßen und Essisoßen* im *Ramla Bay Resort* auf Malta

3) *Kartoffeln Du runzelst mit Mojo* (im gleichen Lokal aber auch interessant: *der klassische Salat Aufhören aber mit kanarischer Berührung,* also, das muss auf Lanzarote gewesen sein, denn der Salat heißt kurz *César Manrique,* und das war ein Architekt, Künstler und Umweltschützer, der das Bild dieser seiner Heimatinsel entscheidend geprägt hat)

4) *Tintenfische Petersilie und Olivenöl, dann fügen Sie die schwarzen Taschen und Wein und Tomaten* (in Italien, aber wo? Ich weiß es nicht mehr.)

5) *Führen Sie kelinen Hund durch* (im *Café del Mar* auf Lanzarote)

6) *Rinden braten auf Sahne* (in Karlovy Vary/Tschechien)

7) *Vögeln Consommé in Herbstblatt* (auf Madeira)

8) *Er tötete flauschigen Käse und Honig* (in einem Lokal namens *Bistro del Mar*, aber wo? Vergessen.)

9) Und hier noch einige Extras aus verschiedenen chinesischen Lokalen:

   The farmer is small to fry
   The mushroom frys a brocoli
   Onion explodes the sheep
   Fuck the duck until exploded
   The hot pepper cooks better
   I can't find it on google but it's delicious

BISTRO DEL MAR

Kürbiscreme

gemischter Salat

Meerbrasse gegrillter Fisch

Er tötete flauschigen Käse und Honig

Wasser Brot und Wein

ALWAYS FRESH

Lyrik ohne Absicht
Das Typische Romagnolische Gericht

Es treibt durch für
ribboned Makkaroni Blätter:
Du ordnest das Mehl zu
Fontana auf einem
spianatoia, sgusciate Eier
Und gießt sie zu dir zur
Mitte, sbattele mit der
Gabel bis das Erreichen
eines glatten und
homogenous Mittels. Du
verbreitetest mit
materello ein Blatt durch
dünnes auf dem spianatoia
infarinata, folglich
erreichten vielen
tagliatelle weit der 5
millimetri. BUON APPETITO!

Rezept, 2013 mitgebracht von Leser F.
aus einem Hotel in Cesenatico

EINIGE HÜHNER

Von Jan Philipp Reemtsma gibt es ein ebenso abgefahrenes wie kluges Buch mit dem Titel *Einige Hunde*, in dem der Hund als Teil verschiedenster Gemälde behandelt wird. Es geht bei diesen Bildern keineswegs um Hundeporträts, sondern zum Beispiel um jenen Hund, der auf Max Liebermanns *Paar mit Hund im Kahn* einfach so nebenbei mit im Boot sitzt, oder um den, der auf Rembrandts *Der barmherzige Samariter* rechts vorne im Bild sein Geschäft erledigt, auch um das Hündchen, das sich auf Tizians *Venus von Urbino* rechts am Rand aufs Laken kuschelt.

Reemtsma schreibt über Hunde, die durch ihr Dazugemaltsein den Rest des Bildes in einem anderen Licht erscheinen lassen: einem Licht, das man ohne Hund nicht sähe, weil es erst durch das Dabeisein des Hundes sichtbar wird. Es geht um den Hund, wie Reemtsma sich ausdrückt, »als ausgelagerter Kommentar zum Porträt des Menschen«, als »Kommentartier«. Was man bitte deutsch aussprechen muss, *Kommentar-Tier* also, nicht französisch *comme en tartier,* was wiederum nichts bedeutet, bei *google translate* aber mit *wie in Zahnstein* übersetzt wird, obwohl Zahnstein *le tartre* ist, nicht *le tartier,* das als französische Vokabel nicht existiert.

Aber das nur nebenbei.

Das alles nur nebenbei.

Mir geht es hier lediglich um dieses *Einige Hunde,* was ein so wunderbar quasi im Vorbeigehen hingeworfener Buchtitel ist, dass ich mir damals beim Erwerb dieses schmalen Werkes in der Buchhandlung des *Städel Museums* in Frankfurt am Main geschworen habe: Ich werde nicht vom Erdball weichen, ohne wenigstens ein Buchkapitel mit dem Titel *Einige Igel* oder *Einige Amöben* oder wenigstens *Einige Alpenveilchen* oder bloß *Einige Zeilen* geschrieben zu haben.

Here we are!

Einige Hühner.

Mir fällt – nach dem eingangs schon erwähnten *Tortenhuhn* – zunächst ein Gericht ein, das ich einmal auf *de.recidemia.com* entdeckte, diese Seite kennen wir ja nun schon. Das Gericht heißt *Das Singen von Huhn,* und der Rezept-Autor vermerkt dazu:

Dies ist eine vietnamesische Schüssel und ist definitiv für jene, denen es Spaß macht, Feuer einzuatmen. Diese Schüssel wird Sie das Schwitzen durch die Mahlzeit halbwegs haben. Broccoli geht nett damit.

Bei den Zutaten werden aufgeführt *1 Esslöffel knirschte Ingwer Wurzel* und *1 Teelöffel trippelte Knoblauch,* doch das ist hier Nebensache.

Wichtig ist: In Sprachland atmen wir Feuer ein, bis die Hühner singen.

Broccoli geht nett damit.

Es ist unglaublich, welche Vielfalt von Hühnern es hier gibt. Allein auf *de.recidemia.com* sind es zig Arten. Wir notieren, nur flüchtig und nebenbei:

Augenblickhuhn und Reisbratpfanne (»Dienen Sie hinüber Onion Reis.«)

Akadisch-Stilhühnereintopfgericht (»Bringen Sie über hohe Hitze zu einem Furunkel.«)

Festlicher jamaikanischer Ruckhühnersalat (»Spülen Sie Huhn und tätschelt trocken.«)

Banana striegelte Huhn (»Fügen Sie allmählich Hühneraktien hinzu, während Sie sich bewegen.«)

Dreißig Minutenhuhn und Reis (»Bringen Sie zu einem Furunkel; bewegen Sie sich einmal oder zweimal.«) Ja, *to bring to the boil* heißt nun mal »zum Kochen bringen«, aber *the boil* ist auch »der Furunkel«.

Langsam Herdhühnerpizza heiße Schüssel (»Rühren Sie The Huhn Und Soße, lagern Sie Sie Damit ab Salz ein Pfeffer zu schmecken Und streut Sie Gleichmäßig Mit Den zerfetzten Cheese.«)

Doppelt-bekleidetes Huhn (»In Mittel, das Schüssel, todmüdes Ei und Milch leicht vermischt.«)

Sesamsamenhuhn (»Ansonsten sie nicht einander berühren, werden sie nicht knackig sein.«)

Hühnchen alte Damen auf einem Bus (»Gießen Sie Soße über Huhn und backen Sie eine Stunde, Prügel gelegentlich.«)

Atomare Hühnerflügel (»Auch, lagern Sie die Teile mit einer kleinen Jahreszeit ab Salz vor dem Backen In Fett.«)

Ja, liebe Freundinnen und Freunde, in der wirklichen Welt gibt es *Leghornhühner, Bergische Kräher, Minorkas* und *Orpingtons*.

Aber hier!

*Augenblickhuhn, Stilhuhn, Ruckhuhn, bananenge-
striegeltes Huhn, Minutenhuhn, Herdhuhn, Atomhuhn*
und so weiter, ach, das *Altedamenhuhn* nicht zu vergessen. Und erinnert uns das *Doppelt-bekleidete Huhn* nicht
an das aus Siebenbürgen stammende *Nackthalshuhn*,
das in Deutschland so gerne als sogenanntes »Zweinut-
zungshuhn« gehalten wird, weil es 180 Eier pro Jahr legt
und ein schmackhaftes Fleisch hat?

Wenn man nun beide mal zusammenbrächte und ein
Doppelt-bekleidetes Nackthalshuhn züchtete ...?

Übrigens: Falls das Doppelt-bekleidete Huhn eine oder
sogar beide seiner Bekleidungen einmal ablegen sollte:
Auf der Insel Krk werden die Klamotten dann zubereitet und auf den Tisch gebracht, dort fand man auf einer
Speisekarte *Huhnverkleidung mit Beilagen*, was mich an
eine Tafel vor einem Lokal auf Kreta erinnert, wo *Ka-
ninchen im Ofen mit Artischocken Und Kartoffel in seiner
Jacke* angeboten wurde, doch das nur am Rande.

Wir sind ja hier bei *einigen Hühnern*.

Ich möchte noch drei Rassen aus Sprachland erwähnen.

1.) Das Spezialhuhn Stroganoff, das aus Brasilien
stammt oder aus Portugal, ich weiß es nicht mehr so genau, jedenfalls aus dem portugiesischsprachigen Raum:
eine Variante, die uns an Spezialeinheiten erinnert, die
bei den bewaffneten Kräften überall existieren, eine Art
Marines unter den Hühnern, jederzeit bereit, irgendwo
zur Befreiung von Käfighühnern eingesetzt zu werden,
durchtrainiert bis in die letzte Faser (was übrigens den
Verzehr praktisch unmöglich macht). Im Original geht
es um ein Gericht namens *Strogonoff de Frango Especial.* **169**

Dabei wird Hühnerfleisch nach Art eines *Bœuf Stroganoff* zubereitet, also im Prinzip mit Zwiebeln, Sauerrahm und Senf, in Wirklichkeit aber oft noch mit Gurken, Champignons und Paprika, nun ja, jeder muss selbst wissen, was er tut. Im Englischen wurde daraus *Chicken's Stroganoff Special*, in Sprachland dann eben *Spezialhühner Stroganoff*, das erwähnte Militärhuhn.

2.) Das Huhn des Spuckens, das in seinem Ursprung aus Griechenland stammt und, wenn wir vom Essen reden, einfach ein Huhn am Spieß ist, was auf Englisch vielleicht ein *spit-roasted chicken* oder ein *chicken on the spit* wäre, in der Übersetzung hier aber de facto zum *Chicken of Spit* wurde. Und da *spit* zwar einerseits der Spieß ist, andererseits aber auch die Spucke, haben wir in Sprachland plötzlich ein *Huhn des Spuckens*, ein irgendwie lamahaftes Federwesen, dem man besser nicht zu nahe kommt.

3.) Das Nothuhn. Es handelt sich hier um die Gefährtin des *Nothahns* (unseren englischsprachigen Freunden auch als *emergency cock* bekannt), und man erfährt von seiner Existenz oft auf Schiffen, wo ein Schild an einer Tür einen vom Vorhandensein des *Nothahns* unterrichtet, *Nur bei Gefahr betätigen* steht dann da und *Tür von Hand öffnen!* Wo ein *Nothahn* sei, schrieben mir verschiedene Leser, da müsse es doch aber auch Nothühner

NOTHAHN

Nur bei Gefahr betätigen!

Tür von Hand öffnen!

EMERGENCY COCK

Only actuate in case

of danger!

Open door manually.

geben, offenbar so aggressive Tiere, dass man sie nur bei Gefahr freilässt und bei sorgsam von Hand geöffneten Türen – dann aber kann man sicher sein, dass die Feinde Sprachlands nichts zu lachen haben. Das *Nothuhn* ist eine Art Kung Fu Huhn. Es kann so rabiat werden, dass der Koch, der Wirt und der Kellner seiner nicht mehr Herr werden, sodass man den Gast bitten muss, das rasende Tier zu erledigen. Auf der Speisekarte eines chinesischen Restaurants fand man ein Gericht namens *Ask the Guest to kill chicken*, offensichtlich der verzweifelte Schrei einer Lokal-Crew, die mit den Nothühnern einfach nicht mehr zurechtkam.

Es geht, wenn wir von diesen Hühnern berichten, auch um den Hintergrund dieser Rabiatisierung, den wir begreifen, wenn wir aus Slowenien von der Existenz eines Gerichts namens *Gebratenes Huhn mit ½ Befestigung* erfahren, aus Thailand von *Frittierten Hähnchen im Anhänger verlässt mit Chili-Soße verpackt*, aus Tschechien ein Foto erhalten, auf dem *Baguette mit Hühner* angeboten wird, aber kein Huhn zu erkennen ist, nur eine Art bombenförmiges, von zerlaufenem Käse bedecktes Brot, in dem offenbar ein Huhn steckt.

Wenn wir also von Gefangenschaft, Eingesperrtsein und Knechtung der Hühner lesen, dann verstehen wir, was einige Hühner sehr, sehr wütend macht, und wir erkennen, wogegen sich Spezialhuhn, Spuckhuhn und Nothuhn stellen. Und uns wird das Herz leicht, wenn wir, wie es einem Leser geschah, auf einem Markt vor dem Eierstand eine Tafel sehen, auf der mit Kreide geschrieben ist: Freilaufende Eier.

Lyrik ohne Absicht
Schritte

1- Deckenfleisch oder Huhn mit
Wasser fügt geschälte Zwiebel
hinzu, Salz, Zimt Gewürze,
kocht hinüber Mittlere Hitze bis
gut erledigt.

2- entfernen Fleisch / gesetztes
Huhn Eine Seite, Unterhaltssuppe.

3- Wäsche freekeh und Gosse,
dann Barbecue Mit Öl oder Butter.

4- sieden Suppe, stellen Sie Salz
Ein, fügen Sie hinzu Freekeh und
Sieht, daß Suppe ist, Ungefähr
7 cm über freekeh.

5- bringen über Mittel zu Furunkel
Hitze reduziert Hitze und kocht
30 Minuten lang, bewegen Sie
sich nicht

6- Aufschlag garnierte mit Fleisch
(Huhn), Mandeln und Kiefer
Verrückt.

Bon apetit

Eintopfrezept auf einer Verpackung von *Freekeh*,
einem nahöstlichen Getreideprodukt aus
unreif geerntetem und dann über offenem Feuer
getrocknetem und geröstetem Hartweizen.

DER PIZZABOTE
KURZE ERZÄHLUNG
NACH DEM BERICHT EINER LESERIN

Griff zum Telefon, Anruf beim Lieferservice.

Pronto!

Ja, ich hätte gerne eine Pizza Vierjahreszeiten.

Kommte inne albe Schtunde.

(Kurze Anmerkung des Verfassers: In Sprachland wird jede Pizza immer innerhalb einer halben Stunde geliefert, egal, ob die Pizzeria um die Ecke ist oder hundert Kilometer entfernt, imma inne albe Schtunde.*)*

Die Adresse wird genannt. Es handelt sich um ein Mietshaus mit zehn Parteien.

Unde wie isste Name?

Haas.

Wie?

Haas. Heinrich Anton Anton Siegfried.

Legt auf.

Nach einer halben Stunde klingelt es bei allen zehn Parteien des Hauses. Die Türen öffnen sich. Im Erdgeschoss steht der Pizzabote.

Er ruft.

Wohnte iere Ericke Antonio Siegefriede?

VERWIRRUNG

Zu meinen Lieblingsfunden gehört eine deutsche Kantinen-Speisekarte auf der ein Nudelauflauf *»Bolognese«* angeboten wurde, also: Es war ein *Nudel-Auflauf* gemeint. Der Übersetzer hatte aber ganz offensichtlich *Nude-Lauflauf* verstanden, hatte daraufhin *Nude* als englisches Fremdwort im deutschen Text interpretiert – woraus dann die englische Speise *Nude Run »Bolognese«* wurde. (Was bei Rückübersetzung ins Deutsche wiederum ein *Nacktlauf »Bolognese«* gewesen wäre, dazu kam es aber nicht mehr.)

Auf der Abendkarte des Hotels *Solitudo* in Lastovo/Kroatien fand einmal jemand *Naravni odrezak um umaku od gljiva – prilog riža* im Angebot, was – wenn meine bescheidenen Kroatisch-Kenntnisse mich nicht täuschen – ein *Steak natur mit Pilzsoße und Reis als Beilage* war. *Naravni* heißt *natürlich*. Deshalb stand im Deutschen dann da auch *Natürlich Schweinesteak*.

Im Englischen aber war daraus ein *Of course pork steak* geworden.

Mit solchen Irrwegen der Wörter durch die Sprachen befasse ich mich seit Jahren. Ich verlaufe mich dort oft und gerne.

Nehmen wir zum Beispiel das Wort Rührei, im Englischen *scrambled eggs*, im Spanischen *huevos revueltos*. Genau solche fand eine Leserin vor vielen Jahren (»vor der Ballermann-Ära«, schreibt sie) im Osten Mallorcas, nur dass daraus im Deutschen Wirren Eier geworden waren – warum? Weil das Wort *revuelto*, für sich genommen, auch als *durcheinander* zu übersetzen ist, was auf verschlungenen Wegen wiederum zu dem schönen Wort *Wirren* führte. Auf Englisch nannte der Wirt seine Eier *Disorderly eggs*, das wären *ungeordnete Eier*, auch schön. Man überlegt sofort, ob ein gerührtes Ei eigentlich ungeordnet ist, oder ob es nicht durch den Vorgang des Rührens vielmehr bloß in einen neu und irgendwie *anders geordneten* Zustand überführt wird.

Würde man übrigens die deutschen *Wirren Eier* wieder ins Spanische übertragen und dabei die Wirren als Unruhen, Turbulenzen, Chaos verstehen, landete man vielleicht bei *huevos confusos*. Gibt man diesen Begriff nun wieder bei *google translate* ein, kommt als Ergebnis *Verwirrte Eier*.

Und irgendwie versteht man sie gut, die Eier, in ihrer Verwirrtheit.

Jedenfalls sind dies alles genau die Überlegungen, in denen man sich als Sprachländer verlieren kann.

Aber bevor wir das tun, schnell noch drei besonders reizvolle Entdeckungen.

Erstens liegt hier, das muss wohl aus dem Pfälzischen kommen, das Angebot *Würzige Kraftbrühe mit Leberknödel* für sieben Euro, weiter ist zu lesen *Nach dem Originalrezept von Helmut Kohls Leibmetzger*. Dieses letzte Wort – *Leibmetzger* also, analog zum Leibgericht verstanden – ist nicht leicht zu übersetzen, *butcher of my choice* wäre vielleicht eine Möglichkeit oder *my trusted butcher*. Auf der Karte aber war daraus *Helmut Kohl's body butcher* geworden, und da *body* nun mal der Begriff für *Leiche* ist, würde dies im Zusammenhang mit Helmut Kohl bedeuten, also ...

Nein, es geht nicht. Absolut nicht.

Das Gericht wäre höchstens für Zombies in einem Splatter-Film geeignet.

Zweitens fand sich in einem japanischen Restaurant in Wien unter den Sushi-Angeboten einmal *Kani*. Das ist eigentlich Krabbenfleisch, es war aber gleich vermerkt, es handele sich nur um *Krebsersatz*. Woraus dann im Englischen *cancer replacement* geworden war.

Drittens liegt hier eine Karte aus Spanien: Es gibt *Croquetas de Pollo*, *Hühnchen-Kroketten* also, im Englischen korrekt *Chicken Croquettes*. Aber weil das Wort *chicken* im Englischen noch eine weitere Bedeutung im Sinne von *feige* hat, waren daraus dann im Deutschen *Feige Kroketten* geworden.

Schrieb ich am Anfang, der *Nude-Lauflauf* sei mein Lieblingsfund? Hier kommt ein scharfer Konkurrent, ja, es ist vielleicht sogar noch besser.

Wie so oft stammt er aus Spanien, von einem Hotelbuffet, an dem man sich selbst sein Wasser zapfen konnte, *Agua sin gas* stand da am Hahn, Wasser ohne Kohlensäure also, *Still Water* korrekt im Englischen, aber weil *still* bekanntlich auch *noch* bedeutet, hieß das Wasser im Französischen schon *Encore de l'eau*.

Und im Deutschen?

Immer noch Wasser.

Vokabeln

GEGREIERT

Bei einem Leipziger Vietnamesen stand auf der Karte eine, nach dem Namen des Restaurants benannte *Zchaca-Platte*, worunter, ausweislich des folgenden Textes, eine *vom Meister gegreierte Platte* zu verstehen war.

Gegreiert?

Ich musste lange überlegen, ja, irgendwann gelangte ich sogar zu der äußerst unappetitlichen Vorstellung, hier seien verschiedene Buchstaben verwechselt worden, und es handele sich um eine vom Meister gereiherte Platte, aber das war ja nun doch undenkbar.

Schließlich wurde klar, dass es sich beim Partizip *gegreiert* um ein deutschsaxofrankovietnamesisches Mischwort handelt. Denn im Deutschen ist ja aus dem französischen créer für schaffen (im Sinne von *hervorbringen*) das Verb *kreieren* geworden, das der Sachse aber *greiern* ausspricht. Das dazugehörige Partizip müsste *greiert* heißen, aber hier kommt vermutlich der Vietnamese ins Spiel, der gelernt hat, dass im Deutschen das Partizip Perfekt mit ge-, ähm, also, ja, wie gesagt: gebildet wird, was eben zu dem Wort *gegreiert* führt.

Habe ich das nicht schön geerglärt?

Lyrik ohne Absicht
ü ü ö ä ä ä ä ä äß

Bevor Sie mit dem Gert arbeiten
Lesen Sie sich bitte die Bedienungsanleitung
genau durch. So werden Sie mit Ihrem neuen
Gert vertraut, lernen alle Funktionen und
Bestandteile kennen, erfahren wichtige Details
fr die Inbetriebnahme und den Umgang mit
dem Gert und erhalten Tipps fr den Strungs-
fall.
Durch die Beachtung der Bedienungsanleitung
Vermeiden Sie auch Beschdigungen des Gerts
Und die Gefhrdung Ihrer gesetzlichen Mngel-
Rechte durch Fehlgebrauch.
Das eigenmchtige Reparieren, Umbauen oder
Verndern des Gertes ist nicht gestattet.

Aus der Gebrauchsanleitung eines Weckers

KANNIBALISMUS

Wer sich in diesem Buch bis hierher vorgearbeitet hat, weiß, wie sehr ich Sprachland liebe, in all seinen Facetten und Schattierungen. Doch wir dürfen uns nicht selbst belügen, wir haben nicht die Augen zu verschließen vor seinen dunklen Seiten – und die dunkelste von allen ist: Hier werden regelmäßig und sogar mit großem Appetit Menschen ge-…, nein, nicht gefressen, dazu ist der Sprachländer doch zu kultiviert.

Sie werden gegessen, mit Messer, Gabel und Löffel, ganz normal, am gedeckten Tisch, Serviette neben dem Teller.

Ich war, als ich hier eintraf, nicht darauf gefasst gewesen.

Man hatte mich gewarnt. Schon vor Langem hatte mir Frau B., die mit ihrer Familie in der Nähe von Augsburg lebt, geschrieben, ihr damals 17 Jahre alter Sohn habe sich in einem Vorort Augsburgs in einer Bäckerei mit angeschlossenem Café einen belegten Kornspitz gekauft und dabei einen Kassenbon mit dieser Aufschrift erhalten:

1 x Kornspitz à € 0,62 Kundenverzehr Vorort.

Sie schrieb: »D. h. in dem Unternehmen werden in einem Vorort Kunden verzehrt!!!! Und das an einem Sonntagmorgen um 8 Uhr!«

Was mich damals am meisten berührte, war die nonchalante Art der Mitteilung: auf einem Kassenzettel! Eine verdeckte Mitteilung eines Angestellten, so à la: »Ich kann nicht reden, aber passen Sie auf sich auf!? Kommen Sie am besten nie wieder, sonst landen Sie auf einem Kornspitz, als Belag!«

Mich erinnerte das an den französischen Film *Delicatessen* von Jean-Pierre Jeunet und Marc Caro (die später *Die Stadt der verlorenen Kinder* drehten, Jeunet war allein Regisseur von *Die fabelhafte Welt der Amélie*), ein 1991 erschienenes Meisterwerk, in dem ein Metzger regelmäßig neue Hausmeister einstellt, um sie dann recht bald zu schlachten und ihr Fleisch an die Kunden zu verkaufen. Derlei seltsame Dinge finden ja eigentlich überhaupt meistens in Vororten statt, nie in den Zentren der Städte. Es geschieht in den unscheinbaren Siedlungen am Rande, denen man nicht zutrauen würde, dass in ihnen Schrecklichkeiten wie der Kundenverzehr vor sich gehen.

Dennoch vergaß ich die Angelegenheit bald.

Sie kam mir aber wieder in Erinnerung, als ich eines Tages auf einer Menüliste aus Valencia, die sich in der Leserpost befand, Hingestreckte Grundeigentümer entdeckte, seltsam, nicht wahr?

Man fragt sich, warum ein Grundeigentümer eine größere Delikatesse sein sollte als zum Beispiel ein Mieter oder ein Pächter – aber was wissen wir Nichtkannibalen von diesen Dingen? Vielleicht sind Grundeigentümer aufgrund ihres besseren Einkommens letztlich doch gehaltvoller und delikater, sodass der Menschenesser an ihrer Hinstreckung ein größeres Interesse hegen muss?

Wobei der Grundeigentümer-Verzehr sogar so weit ging, dass offenbar auch mobiler Besitz gegessen wurde, zum Beispiel ein Gericht namens *Tablett des Nachtischgrundeigentümers*. Wozu mir der Titel eines Buffets beim Chinesen in Odense/Dänemark einfällt: *Eat what you can!*, ein Motto, das auch für *Babylätzchen mit Pesto* gilt, die Familie W. auf einer Karte in Peschiera del Garda fand, ja, den Babys werden bisweilen sogar die Umgebungen weggespeist, in Spanien serviert man *Baby Lebensräume* mit Entenschinken, aber was mag das genau sein, ein *Baby Lebensraum*?

Ein frittiertes Gitterbettchen?

Eine sautierte Wiege?

Irgendwo gab es tatsächlich Gebratenes Kind, ach bitte, bisweilen ist mir dieses Land doch ein wenig über.

Unfassbar übrigens, was auf der Getränkekarte in Marienbad stand! *Spermuta*. Man kann sich nur mit der Erkenntnis beruhigen, dass es sich um einen Tippfehler gehandelt haben könnte; eine *Spremuta* ist im Italienischen ein frisch gepresster Fruchtsaft.

In weiten Teilen Sprachlands steht der Mensch als Ganzer auf der Karte: *Gebratener Seemann* auf Menorca oder Miss Muscheln in Kreuzberg, ja, *Miss Muscheln*, die vielleicht noch gestern in einer Schönheitskonkurrenz obsiegte, heute aber schon in die Pfanne gehauen wurde.

Auch die *Sardinnen* in Neustadt an der Weinstraße gehören in diese Kategorie. Zusammen mit ihren Männern sind sie im englischen Teil einer Karte aus Murano sogar als *Sardinians with onions and vinegar* verzeichnet, es handelt sich aber in Wahrheit um die venezianische

Vorspeise *Sarde in saor*, zu der Rosinen und Pinienkerne gehören. Was ein einzelner Buchstabe ausmacht! Denn *Sarden mit Zwiebeln und Essig* wären auf Italienisch in Wahrheit *Sardi in saòr*. Hingegen: *Sarde* sind Sardinen. (Aber nur im Italienischen, in Sprachland sind es ... o mein Gott!)

Der Bürger in seiner Gänze, man trifft ihn auf den Speisekarten als *Hambürger, Käsebürger, Huhnbürger, Rindbürger* und *Fischbürger* in Puerto Calero auf Lanzarote oder als *Hungary Mann* in Trutnov/Tschechien. Zwischen *Supreme St. Pierre* und *Schokolade vereist* entdecken wir eines Tages – ich weiß nicht mehr, wo das war – *Gefüllte Geflügelzüchter* und sogar *gebackene Aborigines mit Tomaten*. (In Griechenland war das, warum denn ausgerechnet hier?) Und warum wird ein Rechtsanwalt einmal *mit einer Krabbe im Glaskasten* präsentiert, ein anderes Mal *mit frischem Käse und Honig*? Ja, der Rechtsanwalt steht oft auf Karten, weil die Avocado im Französischen *l'avocat* ist – und so heißt eben auch der Anwalt.

Im Italienischen sind beide nicht identisch, liegen aber doch nahe beieinander, *l'avocado* und *l'avvocato*, das führt auf der deutschen Seite der Karten fast immer zum selben Ergebnis: Rechtsanwalt eben, nie, wirklich nie: Avocado.

In Wiesbaden gab es *Heisse Schussel*. Die sind sozusagen selbst schuld, dumm genug.

Bürgerinnen sieht man als *selbst geräucherte Jungfern* in Budapest und als *Riesiger Wienerschnitzel aus Jungfernbraten mit Petersilienkartoffeln*, ebenfalls in Ungarn.

Im Original heißt das *Óriás bécsiszelet Szűzpecsenyéből petrezselymes burgonyával*, was, habe ich mir sagen lassen, nicht mal falsch übersetzt sei, *Szűzpecsenye* heiße Jungfernbraten.

Und jetzt alle: *Szűzpecsenyéből, Szűzpecsenyéből, Szűzpecsenyéből* ...

Danke!

Pedanten werden einwenden, der Jungfernbraten sei bekanntermaßen jenes Fleischstück, das sich im Lendenbereich auf beiden Seiten der Wirbelsäule entlangziehe. Es sei besonders zart, saftig und mager, da dieser Muskel von Schlachttieren kaum benutzt werde – und besonders teuer dazu.

Mögen Sie bitte recht haben!

Der Mensch dient bisweilen auch nur als Beilage, auf Teneriffa etwa, wo *Fisch mit geknitterten Päpsten* angeboten wird, oder in Sonthofen als *Dönerteller mit Putinfleischsalat*. Putin, der Austrainierte, Zähe! Wird da

der Zahnstocher mitgeliefert wie beim *Senioren-Lamm* in Essen? Bei der *Kickerfrikadelle* auf Rhodos hofft der Kenner wenigstens auf A-Jugend-Spieler. Und hier: eine Lahmkeule! Leser H. fand sie in der Kantine vor (auf der Karte, hoffentlich nicht auch auf dem Teller). Vor Jahren wurde in München *Gebacken Hackefleisch* angeboten. Wir haben daheim durchgezählt und aufgeatmet.

Aber nun Folgendes: Leserin W. aus Freiberg schrieb mir, ihre Familie sei vor langer Zeit bei den Schwiegereltern zum Essen eingeladen gewesen, es habe Hasenbraten gegeben. Ihr Sohn war damals fünf Jahre alt. Das Hasenfleisch stammte aus dem Kaninchenstall des Großvaters eines weiteren Schwiegersohnes, der hatte das Tier gehalten und schließlich auch geschlachtet, ein Umstand, den das Familienoberhaupt mit dem Satz bekannt gab: »Das Fleisch stammt von Andrés Opa.«

Der kleine Sohn kannte diesen Opa nicht. Und erst viele Monate später, als der Kleine einmal sehr krank war und im Fieberwahn rief, er wolle nicht gegessen werden, bitte, nein, da stellte sich nach vielen Gesprächen heraus: Er hatte gedacht, man habe damals nicht etwa den Hasen von Andrés Opa verspeist.

Sondern vielmehr Andrés Opa selbst.

Am Ende dieses tristen Kapitels sei darauf hingewiesen, wie Zeitgenossen aber auch in ihren Teilen zubereitet werden: als *Frittierte Ganzbeine mit Rotkraut* in Siebenbürgen, als *Hinterteil Braten mit Waldpilzen aromatisiert* in Riva del Garda, als *½ knuspriges Händchen* in München, ja, als *Schmollmund* auf Fuerteventura.

Spaghetti Caprese gab es einmal, wo war das nur?, *mit frischen Toten.*

Ach, lass gut sein, lass gut sein!

Eines aber noch: Frau K. schrieb, sie habe früher in Hannover einen recht rustikalen Metzgerladen gekannt, in dem es auch Hundefutter gab. Auf einem mit der Hand beschriebenen Pappschild habe man dazu den Hinweis

lesen können: *Auf Wunsch schlagen wir Ihnen die Kno-
chen entzwei!*

Sie habe diesen Wunsch aber nie verspürt.

Wir müssen leider an dieser Stelle für das ganze Land
jene Warnung aussprechen, die Leser N. am Rand der
Meeresklippen von Saint Guénolé in der Gemeinde Pen-
march in Frankreich fand.

Danger, stand da, *Nombreuses Victimes* in der Landessprache und dann auf Englisch *Many Victims*, schließlich auf Deutsch die ganze Wahrheit.

Gefahr Viele Menschenopfer.

BÖSE

Mich erreichte ein Brief von Leserin B.

Sie habe, schrieb sie, als Sprachschülerin Mitte der Neunzigerjahre einige Wochen in Camden, einem Stadtbezirk von London, verbracht. Tagsüber habe sie in einem kleinen Sprachinstitut gelernt, das auch polnische, ungarische und bulgarische Au-pair-Mädchen besuchten. »Und weil die Londoner von Jack the Ripper und anderen Gangstern fasziniert schienen«, so schrieb sie, »ging es bald um Begriffe, die mit Verbrechen, Verbrecherjagd und Verurteilung zu tun haben. So lernte ich u. a. Worte wie *accuse, conviction* und auch *to prosecute*.«

Mit diesen Kenntnissen ausgestattet, sei sie eines Morgens an einem Bauzaun vorbeigekommen, an dem ein Schild hing, auf dem stand: *Bill Posters Will Be Prosecuted*.

To prosecute, also *verfolgen, anklagen*, sei ihr schon geläufig gewesen, und so habe sie den Anschlag verstanden als »eine deutliche Ansage an einen Mann namens Bill Posters«, dem wohl aufgebrachte Londoner auf diesem Weg zu verstehen geben wollten, »dass sie ihn kriegen, so im Sinne von mir aus Köln bekannten Graffiti: *Vergewaltiger, wir kriegen Euch!* Auch dass es vielleicht ein Politiker sein könnte, dem die Engländer seine korrupten Machenschaften nicht länger würden durchgehen lassen, schien mir eine Erklärung für diese mas-

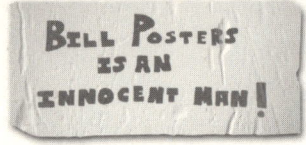

siven Kampfansagen, die ich bald auch an anderen öffentlichen Stellen in der Stadt ausmachen konnte.«

Überall hingen ja diese Schilder, überall las man: *Bill Posters will be prosecuted.*

Bei ihr, B., geriet die Sache dann in Vergessenheit. Sie kehrte nach Deutschland zurück, wo solche Schilder nicht hängen (oder falls doch, steht was anderes drauf). Aber Jahre später, als sie eine Freundin in Vancouver/ Kanada besucht habe, sei ihr, schrieb sie, Bill Posters wieder begegnet. Gegenüber dem Café, in dem sie mit jener Freundin saß, stand an einem Bauzaun wieder: *Bill Posters Will Be Prosecuted.*

War der Unhold nach Kanada geflüchtet?

Nun endlich klärte sich, im Gespräch mit der Freundin, die Sache auf. Denn das Schild bedeutet ja nichts anderes als *Plakate ankleben verboten* oder besser noch, wörtlich: *Plakatkleber werden strafrechtlich verfolgt.*

Für B. war die Sache damit erledigt.

Nicht hingegen für mich.

Ich ging der Sache noch ein bisschen nach. Es stellte sich heraus, dass Frau B. erstens nicht die Einzige war, die diesem Irrtum aufgesessen war, dass sich zweitens aber auch schon eine ganze Bewegung von Menschen gebildet hatte, die von der Unschuld Bill Posters' überzeugt waren und das auch bei jeder Gelegenheit bekannt gaben. Denn oft sieht man im Internet unter einem Bill-Posters-Schild ein weiteres, auf dem zum Beispiel steht: *Bill Posters is an innocent man.*

Und übrigens ist Bill Posters keineswegs der Einzige auf Erden, der gegen ungerechtfertigte Verfolgung und Lynchjustiz geschützt werden muss, für *Bill Stickers* gilt das Nämliche. An anderen Bauzäunen und ähnlichen Orten kann man lesen: *Bill Stickers will be prosecuted*, darunter dann *Bill Stickers is innocent.*

Schon seit Langem ist das ein sehr beliebter britischer Wortwitz. (Was Frau B. aber damals nicht wissen konnte.)

Bill Stickers nämlich kommt auch in einigen Geschichten J. R. R. Tolkiens vor, des Erfinders von *Der Herr der Ringe*. Diese Storys aber sind uns nicht erhalten. Tolkien hat sie nur seinem Sohn Michael erzählt, wenn der mal wieder von Albträumen geplagt wurde – man kann das in Humphrey Carpenters Tolkien-Biografie nachlesen. Tolkien sei zu den Erzählungen, so Carpenter, von einem Schild in Oxford inspiriert worden, auf dem *Wanted: Bill Stickers* zu lesen war, das heißt: *Plakatkleber gesucht.* Er habe dann dem Sohn diesen Bill Stickers als einen »Riesenklotz von einem Mann, der sich nie bei etwas erwischen ließ«, geschildert. In diesen Geschichten kam auch ein Gegenspieler von Bill Stickers vor, *Major Road Ahead* hieß er, ein kluger und rastloser Mann, immer auf Verbrecherjagd, den anderen stets ein Stück voraus, weshalb es in England viele Schilder gibt, die genau darauf hinweisen, dass man seine Geschwindigkeit mäßigen solle, weil hier in der Gegend *Major Road Ahead* im Rahmen seiner Ermittlungen operiere.

Slow! Major Road Ahead!, steht dann da. (Nur Pedanten behaupten, das heiße: *Langsam! Hauptstraße voraus!*)

Na ja, solche missverständlichen Schilder gibt es in Großbritannien öfter, hingewiesen sei zum Beispiel auf jene, die immer wieder vor langsamen Kindern warnen. Man sieht dort die Silhouette eines laufenden Kindes, darüber steht *Slow*, darunter *children*, womit, wie jeder Sprachland-Freund ahnt, wirklich nur langsame Kinder gemeint sein können. Ja, manchmal wird sogar vor *DEAD SLOW CHILDREN* gewarnt, sehr langsamen Kindern, und bisweilen zeigt man auch an, welche Geschwindigkeit diese langsamen Kinder erreichen. *Slow*, steht dort, dann kommt der Kinderschatten, darunter liest man *20 M.P.H*, 20 Meilen pro Stunde.

Da wird es natürlich seltsam: *LANGSAME KINDER* mit 20 Meilen pro Stunde, das sind mehr als 32 km/h?! Usain Bolt erreichte 2009 bei seinem 100-Meter-Weltrekord in Berlin eine Durchschnittsgeschwindigkeit von 37,58 km/h, also von langsamen Kindern kann keine Rede sein. Im Gegenteil, die müssten alle längst vom nächsten Leichtathletik-Verein in die Nachwuchsgruppe geholt werden, mindestens.

Wenn wir von Verbrechern sprechen, darf die Geschichte von Frau M. nicht unerwähnt bleiben, die einmal eine Kultursendung im zweiten Hörfunkprogramm des Bayerischen Rundfunks verfolgte und dabei – sie hörte wohl nur so nebenbei zu – etwas von einem sehr frommen Mann namens Bruno vernahm, der aus Litauen stammte und geradezu das Zeug zu einem Heiligen zu haben schien.

Aber, und nun kommt's: »Eines Tages wurde er im Wald von Haydn erschlagen.« Wer hätte das von Haydn gedacht, so Frau M., Haydn, der doch (so füge ich, ebenfalls erstaunt, hinzu) selbst ein so frommer Katholik war, dass er beim Komponieren oft seinen Rosenkranz zur Hand nahm und ans Ende vieler Kompositionen die Worte *Laus Deo* schrieb, *Lob sei Gott*.

Aber die Radiosendung ereignete sich 2009, im Haydn-Jahr, als sich der Todestag des Komponisten zum 200. Mal jährte. Offenbar hatte man aus diesem Anlass beschlossen, über gewisse Dinge nicht länger zu schweigen.

Haydn will be prosecuted.

Ja, ja, »das Böse ist immer und überall«, wie die *Erste Allgemeine Verunsicherung* sang, in dem Song *Ba-Ba-Banküberfall*, der 1985 herauskam, drei Jahre nach Falcos *Der Kommissar* mit den berühmten Zeilen:

Drah' di net um, oh oh oh
Schau, schau, der Kommissar geht um, oh oh oh –
Wenn er di anspricht und du waaßt warum,
Sag eam, dei Leben bringt di um, la, la, la, la

Wobei ich an dieser Stelle die Dame erwähnen möchte, die mir vor vielen Jahren einmal berichtete, sie habe aus ihr bis heute nicht verständlichen Gründen immer verstanden:

... der Gummizwerg geht um ...,

damit nun wieder einen ziemlich abgefahrenen Songtext von Heinrich Walcher von 1972 ins Spiel bringend, *Gummizwerg* nämlich, in dem es heißt:

Auf einem Gummigummiberg
Sitzt ein Gummizwerg
Er isst ein Gummigummibrot
Und ist drauf gummitot.

Was für eine Welt, um Gottes willen!, in der böse Gummizwerge uns umschleichen – und das ist ja noch nicht alles!

Herr B., der heute sein Brot als Anwalt in Göttingen verdient, berichtete mir, er sei als 14-Jähriger zusammen mit seinem Vater einmal zu einem Auswärtsspiel von Borussia Mönchengladbach (der Mannschaft, der beide anhingen) nach Dortmund gefahren. Gladbach siegte 3 : 0. Auf dem Rückweg zum Parkplatz war die Atmosphäre ein wenig unheimlich, überall, so B., habe man berittene Polizei gesehen, auch habe Hubschraubergeknatter in der Luft gelegen.

Dann sahen sie einen schwarz-gelben, also Dortmunder Fan reglos in einer Grünanlage liegen.

»Wahrscheinlich Folterungen«, habe der Vater zur Erklärung gemurmelt, schrieb mir B., »und es trübte meine Siegesfreude doch ein wenig, dass die Rivalität unter Fußballfans meine Gladbacher Gesinnungsgenossen zu solchen Grausamkeiten trieb. Wir ließen das Opfer aber achtlos liegen und fuhren nach Hause.«

Erst später sei ihm klar geworden, dass sein Vater zwar etwas Ähnliches, aber doch anderes gesagt hatte: »Wahrscheinlich volltrunken.«

Nach einer Lesung in Ansbach kam einmal eine Besucherin zu mir, die ihrem kleinen Sohn oft das Lied

Sabinchen war ein Frauenzimmer vorgesungen hatte, in dem es um die so tugendhafte wie holde Sabine geht, die von einem liederlichen Schustergesellen verführt, zum Diebstahl verleitet und schließlich ermordet wird – bis am Schluss den Schuster selbst die gerechte Strafe ereilt. Er muss lebenslänglich ins Gefängnis, bei Wasser und Brot.

Dieser Schuster nun, so wird im Lied mitgeteilt, stammt aus Treuenbrietzen, das liegt in Brandenburg. Der Ort nennt sich heute sogar *Sabinchenstadt* und beherbergt *Sabinchen-Festspiele*.

Da kam aus Treuenbrietzen
Ein junger Mann daher,
Der wollte gern Sabinchen besitzen
Und war ein Schuhmacher.

(Hier ist bitte zu beachten: Das letzte Wort muss, damit es sich wirklich auf daher reimt, auf der letzten Silbe betont werden, also eher französisch, etwa so: *Schuhmachère*.)

Dem Sohn, dem dies vorgesungen wurde, war nun (bitte, er war fünf und lebte im fränkischen Ansbach, wie gesagt) die Stadt Treuenbrietzen ganz und gar unbekannt, sodass er folgenden Text verstand:

Da kam, ausstreuend Brez'n
Ein junger Mann daher ...

Der Knabe stellte sich also vor, wie dieser junge Mann Sabinchen umkreiste und um sie herum, mit verführerischem Lächeln auf den Lippen, Brez'n ausstreute, eine

193

seltsame Art, um eine Frau zu werben, gewiss, obendrein eher einem Bäcker als einem Schuster gemäß.

Aber was weiß man denn als Fünfjähriger von diesen Dingen, in Ansbach?

Richtig seltsam wurde es übrigens erst in einer späteren Strophe, als nämlich der Schuster mit seinem krummen Schustermesser Sabinchen den Hals durchgeschnitten hatte. Da wird gesungen:

Das Blut zum Himmel spritzte,
Sabinchen fiel gleich um;
Der böse Schuster, ausstreuend Brez'n,
Der stand um ihr herum

Sagen Sie mal, ist es nicht seltsam, dass man Fünfjährigen so etwas vorsingt? *Das Blut am Himmel spritzte ...* Und ist es nicht noch viel seltsamer, dass dieser schreckliche Mensch noch nach seinem Mord, wie unter Zwang und in einem furchtbaren Ritual, wiederum Brez'n um sein Opfer herum ausstreute?! Es handelte sich um ein Rätsel, das für den Kleinen ungelöst blieb, bis die Familie eines Tages mit dem Auto an der Stadt Treuenbrietzen vorbeifuhr, die Mutter auf das Ortsschild hinwies und an das *Sabinchen*-Lied erinnerte.

Worauf dem Sohn, nun bereits ein junger Mann, endlich ein Licht aufging.

In diesem Zusammenhang darf nicht unerwähnt bleiben, was mir Frau W. aus Berlin schrieb. Es ging um das Lied *Nur ein Lächeln* von Udo Jürgens, in dem sie, W., stets einige Zeilen mittendrin so verstanden habe:

Nur ein Lächeln
Für den alten Mann im Park,
Der aus Einsamkeit schon mit den Bösen spricht.

Das ist nun tatsächlich ein beunruhigendes Bild: ein alter Mann auf einer Parkbank, so vom Gemeinschaftsleben abgeschnitten und gesellschaftlich dermaßen isoliert, dass er den Kontakt zu den Bösen sucht, die um ihn herumschwirren: der Gummizwerg, ein Brez'n ausstreuender Frauenmörder, Haydn – vielleicht sogar Bill Posters? Jene schlimmen Kerle, die tatsächlich auf einer Speisekarte in Rumänien einmal Frisch erpreßten Zitronensaft anboten? Oder, das war in Polen: Kopfgeld-Kokos-Kuchen?

Frau W. stellte irgendwann fest, der alte Mann habe aus Einsamkeit schon mit den *Möwen* gesprochen, das lässt einen ruhiger werden, aber man bleibt doch gefangen in diesem Missverständnis, nicht wahr? Und hofft auf *Major Road Ahead,* der herbeieilt und all diese Bösen dorthin bringt, wohin sie gehören.

Wo wäre das?

Ich kann es Ihnen sagen: in Dornach bei München, getarnt offenbar als Sanitärunternehmen. Dort gibt es sogar einen eigenen Parkplatz für die Anlieferung von Bösen, und von diesem Parkplatz aus wird dann mit einem Schild der Weg gewiesen.

Zum *Bad Center.*

EHRLICHKEIT

Wer Sprachland betritt, muss sich an eine gewisse rückhaltlose Ehrlichkeit der Menschen gewöhnen, an eine uns für gewöhnlich unbekannte Klarheit im Ausdruck.

Aus Charleville-Mézières in den Ardennen bekam ich Post von Herrn und Frau L., die berichteten, zu den dort angebotenen Spezialitäten gehörten, wie sich anhand der Internetseite *france-voyage.com* belegen ließ, erstens *der Saft auf Platte* sowie zweitens *cacasse nackten Arsch*.

Ein Blick auf die entsprechende französische Seite machte klar, dass es sich hier um die *galette au suc* sowie die *cacasse à cul nu* handelte, zwei berühmte regionale Spezialitäten, deren Zubereitung in den Ardennen teilweise von eigenen Assoziationen gepflegt wird, den *Confréries de la cacasse à cul nu* zum Beispiel, was tatsächlich etwa *Bruderschaft vom Nacktarschtopf* bedeutet. Die *cacasse à cul nu* ist ein traditionelles Gericht aus der Küche jener Zeiten, als die Ardennen eine sehr arme Region waren. *Cul nu*, der Nacktarsch, bezieht sich auf die Fleischlosigkeit des Essens, das aus geschälten Kartoffeln in einer Mehlschwitze zubereitet wurde. Die waren zusammen mit Zwiebeln oft genug der ganze Inhalt des Gerichts; allenfalls wischte man an besseren Tagen den Topf mit einer Speckschwarte aus.

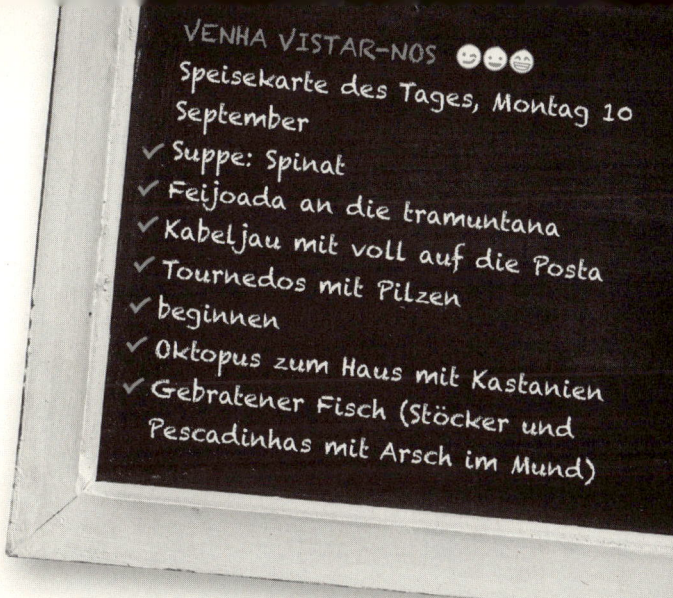

VENHA VISTAR-NOS 😀😀😀
Speisekarte des Tages, Montag 10
September
✓ Suppe: Spinat
✓ Feijoada an die tramuntana
✓ Kabeljau mit voll auf die Posta
✓ Tournedos mit Pilzen
✓ beginnen
✓ Oktopus zum Haus mit Kastanien
✓ Gebratener Fisch (Stöcker und
  Pescadinhas mit Arsch im Mund)

Und *Saft auf Platte*? Das ist die *galette au suc*, ein kreisrunder Zuckerkuchen. *Suc* steht hier für *sucre*, den Zucker, wobei *le suc* eben auch *der Saft* bedeutet. Und da die *galette* so rund und flach ist, wurde sie auf Deutsch kurzerhand zur *Platte*.

Soweit das Erklärliche.

Aus Portugal kam dann mit der Post eine Karte, auf der *pescadinhas mit Arsch im Mund* angeboten wurden, das ist schon etwas härter als *Nacktarschtopf*. Es ging einfach um *pescadinhas com rabo na boca*, das sind kleine Fische (*pescadinhas*), die frittiert werden, wobei man ihnen vorher den Schwanz, den *rabo*, in den Mund steckt, sodass die toten Tiere jedes für sich einen kleinen Kreis bilden.

Darüber stand auf dem Menü eine Speise namens *Kabeljau mit voll auf die Posta*, also: Hier geht es grundsätzlich etwas rüder zur Sache, einen Kabeljau könnte man

197

.ja auch einfach so ums Leben bringen, man muss ihm nicht *voll auf die Posta* geben dazu.

Aber man schweigt hier eben nicht über die eigene Gewalttätigkeit, sondern benennt sie.

Und so ist es immer. Auf meinem Tisch liegen ungezählte Speisekarten aus aller Welt, auf denen Misshandeltes Gemüse, *Misshandelter Seehecht* oder *Misshandelte Zwiebelringe* angeboten werden, es finden sich *Ramponierter Fisch*, Ramponierte Hähnchenbrust und *Fisch mit Geknitterten Päpsten*, auch Vergewaltigung mit Meeresfrüchten ist an der Tagesordnung.

Es wird nicht drum herumgeredet in Sprachland. Was geschehen ist, das ist geschehen – und so steht es dann auch auf den Menü-Listen.

Aus dem Restaurant *Le Poisson* am *Boulevard de la Corniche* in Casablanca erreichte mich eine riesengroße und sehr farbenfrohe Karte, auf der *Wohnen von Tiefseegarnelen Pilzbefall* ebenso verzeichnet war wie *Gebrauchtem Kalmare der Gattung* und *Gemischte gebrauchtem*, also: Hier kommt nichts weg, alles landet auf dem Teller, offen und ehrlich.

Frau D. informierte mich über die Zustände im *All'ombra del Quirinale* in Rom, wo neben *Rindfleischbissen-Artischocken der geistigen Fähigkeiten* und *Ravioli mit Fisch, frischer tomatoe und Stück von Wahnsinnigen* auch *Jucken zu Küchenchef* auf den Tellern lag sowie *Zehnarmige Tintenfische mit fettigen Pilzen und Hypokriten*.

Was ein *Hypokrit* ist, musste ich auch erst nachschlagen.

Ein Heuchler.

Die sind in Sprachland so verhasst, dass man sie als Beilage serviert.

Hier zählt nur die Wahrheit.

Wenn auf Madeira der Kuchen beim Backen nichts geworden ist, dann steht da nicht *Apfelkuchen* oder ähnlich Geheucheltes auf der Karte, sondern *Vor allem mit Ei und Speck auf dem Kuchen Wrack* und *Insbesondere Scherbe Kuchen*.

Wenn beim Italiener auf der zu den Kapverden gehörenden Insel Sal die Spaghetti verzweifelt sind, weil die Insel so öde ist, dann steht da eben auch *Spaghetti verzweifelt* auf der Karte. Muss man ja nicht drum herumreden, den Spaghetti geht es hier einfach scheiße.

Wenn – bei einem anderen Italiener – die *Pasta pasticciata della Casa* nicht gelungen ist, dann liest man auf Deutsch tatsächlich *Verpfuschte Pasta Haus*.

Gibt es im *Bar Restaurante Ramón* keinen Tintenfisch, dann steht auf Deutsch *Keine Tintenfisch* auf der Karte.

Und wenn das Restaurant, das Herr L. auf Teneriffa besucht, nichts im Haus hat außer alten Klamotten, dann finden wir unter den Speisen tatsächlich *Alte Kleidung*, so wie wir anderswo *Gepolstere Markvon Gemüsen und Käsejeansstof* sahen, auch *Frischkäse, pikant gewürzt mit Chilipulover* oder, das war in Polen, *Gebackenes Gemüse unter Bechamelsoße und einer Käsesteppdecke*.

Weiß der Chinese beim Übersetzen seiner Karte einfach nicht mehr weiter, schreibt er als Namen des Gerichts einfach *Whatever* hin oder (das schickte jemand aus Hongkong) *This is not spring rolls*, manchmal auch *Stir-fried Wikipedia*.

Unvergesslich jenes Transparent in einer chinesischen Sporthalle, auf dem in riesigen Buchstaben stand: *Translate server error.*

Es gibt sie nicht in Sprachland, die verlogenen Menü-Dichter, die uns die läppischsten Gerichte *an einem Duett von zwei Sößchen* anpreisen, hier heißt es schon mal, wie Herr I. aus Spanien berichtete, *Gebacken saugend zickelein mit kraftausdriken.* Auch einen Blödsinn-Kuchen in Dublin habe ich aus meiner Sammlung zu bieten, vom *schrecklichsten Schokoladenkuchen Lissabons* nicht zu reden.

Aus dem *Hotel Falkensteiner* am Lido di Jesolo brachte mir Leser R. eine Karte mit, auf der ein *Regenschirmfilet in Tomatensauce* angeboten wurde, wahrlich eine Rarität. Auf Italienisch hieß das *Bianco di Ombrina in Guazzetto di Pomodoro*, wozu man wissen muss, dass eine *Ombrina* ein Adler- oder Umberfisch ist, mancher dasselbe Wort aber mit *Regenschirm* übersetzt (der jedoch eigentlich *ombrello* heißt).

Aber das nur nebenbei.

Auf derselben Karte steht *Gran piatto di Verdure* (also ein großer Gemüseteller) als *Tolles Gericht mit gegrilltem Gemüse der Saison.* Und wenn in Sprachland da *toll* steht, dann kann man nach allem hier Erzählten auch sicher sein, dass es wirklich *toll* ist (und nicht bloß *groß*).

Lyrik ohne Absicht
Die Entschlossenheit des Produkts

Wenn der rostfreie Stahl verfärbt
wegen der hohen Hitze wird, empfehlen wir, es
mit Reinigern wie Bar-Bewahrer-Freund, Bon
Ami, oder Belagerungsreiniger des Rostfreien
Stahls zu reinigen.

Dieses Wisconsin Aluminiumgießerei-
Produkt wird gegen Defekte in der fach-
männischen Arbeit oder Material seit
dem ursprünglichen Kauf vom
ursprünglichen Käufer bevollmächtigt.

Wenn das
Produkt entschlossen ist, fehlerhaft zu
sein, repariert Wisconsin Aluminium
oder ersetzt Ihr Kochgeschirr kostenlos.

Aus der Gebrauchsanleitung für die »Feinschmecker-
Spezialisierungspfanne und Büfett-Server-Modell 2360«

PROMINENZ

Mein Lieblings-Sprachländer ist der *Quantibein*. Leserin K., die in den Fünfzigern ihre Kindheit in der DDR verbrachte, stellte ihn mir vor. Im Rundfunk, schrieb sie, sei damals oft dieses Lied gespielt worden:

Ja, ja, der Quantibein, der lädt uns alle ein!
Drum lasst uns glücklich sein und uns des Lebens freu'n
beim goldnen Quantibein!
Ja, ja der Quantibein, da sagt uns keiner nein,
drum schenkt die Gläser ein,
die Welt soll unser sein beim Quantibein!

Na gut, eigentlich hieß es *Chiantiwein*, es war auch das *Chianti-Lied*. Aber K. war damals erst sechs. Auch gab es in der DDR wenig Gelegenheit, des Chiantiweins habhaft zu werden, weshalb sie eben nun mal *Quantibein* verstand und sich darunter eine offenbar ungewöhnlich großzügige Person im goldenen Kleid vorstellte, die alle einzuladen imstande war.

Ebenfalls sehr lieb ist mir der *Fischkoch*, auch er ein früherer DDR-Bewohner. Dort gab es lange Zeit eine Sendereihe namens *Tipp des Fischkochs*, in der ein Koch namens Rudolf Kroboth immer dienstags zeigte, was man (unter Berücksichtigung der aktuellen Versorgungslage) aus Fischen so alles zubereiten konnte. Dazu schrieb mir nun Herr B. aus Gera, eines Tages habe der Leiter einer kleinen DDR-Dorfschule einen Anruf von der SED-Kreisleitung bekommen: Am nächsten Vormittag hätten alle Lehrer und Schüler sich an der Straße aufzustellen und mit Fähnchen (»Winkelementen«) den durchfahrenden *Fischkoch* zu grüßen.

Der Schulleiter wunderte sich ein wenig, dass der DDR-Personenkult nun schon auf Fernsehköche ausgeweitet wurde, aber die Anweisungen der Parteileitung waren nun mal umzusetzen. Also wurde gewinkt und auch gestaunt, dass so ein Fernsehkoch gleich mit mehreren schwarzen Limousinen durchs Land reiste.

Dann kam ein weiterer Anruf der Kreisleitung, mit dem dafür gedankt wurde, dass der auf Staatsbesuch in der DDR weilende Erste Sekretär der Kommunistischen Partei Bulgariens, Todor *Schiwkow*, so angemessen und begeistert begrüßt worden sei.

Ach, und wenn wir gerade von Fischen reden, da fällt mir ein, dass es im strengen Winter 2009/10 auf *sueddeutsche.de* einmal eine sehr hübsche Bildzeile gab. Sie stand unter dem Foto eines seine Netze flickenden Fischers, der sich am Rand eines zugefrorenen Sees aufhielt, und lautete:

In Brandenburg sind die Fischer zur Unfähigkeit *verdammt.*

Ja, in Brandenburg und an so vielen anderen Orten der Welt sind Menschen zur Unfähigkeit verdammt, jeder kennt sie, die Verdammten dieser Erde, die uns mit ihrer Unfähigkeit auf die Nerven gehen. Ich dachte an sie, als ich einmal in Italien auf dem Bahnhof von Padua stand und mich fragte, warum niemand mir sagte, wann endlich mein Zug nach München ginge, warum es nicht möglich sei, dessen Abfahrt einfach kurz bekannt zu geben, wieso ich stattdessen langsam Genickstarre bekam, weil ich ununterbrochen auf jene Tafel starren musste, auf der meine Abreise annonciert werden würde, die ich auf keinen Fall verpassen durfte.

Das Land wurde damals im Herbst von einem schlimmen Sturm heimgesucht. Ich reiste mitten in diesem Unwetter mit der Bahn von Rom nach München, musste eben in Padua umsteigen und dort geraume Zeit auf meinen Anschluss warten. Auf der Tafel erschien schließlich die Verspätungsankündigung, mehrsprachig, in Italienisch, wo eine Verspätung ein *Ritardo* ist, und in Englisch, wo man *Delay* sagt.

Also, da stand: Ritardo Delay.

In der Kombination beider Wörter aber ergibt das, finde ich, den schönen Namen eines Schlagersängers: *Ritardo Delay*, ein Bruder des Hip-Hoppers Jan Delay vielleicht?

Als ich jedenfalls das Foto auf meiner *Facebook*-Seite zeigte, meldete sich sogleich Leserin B. mit der Frage: »Sang der nicht früher in der Band *Volo Cancellato*?« (*Volo cancellato*, das ist: der abgesagte, nein, heute sagt man ja: der *gecancelte* Flug.) Und Herr M. meinte sich zu erinnern, dass *Ritardo Delay* vor allem für seinen All-Time-Chartbuster *I'm Waiting for a Jetplane* bekannt sei, vorgetragen immer wieder bei mehrstündigen Flughafenkonzerten. Worauf Leser S. einwarf, der auf der Tafel erwähnte Song *60'* (womit die Wartezeit in Minuten

204

gemeint war) sei doch einer seiner größten Hits gewesen, »erstaunlich lang, aber mit viel Platz, zwischen den Zeilen nachzudenken«.

Nur nebenbei möchte ich an dieser Stelle David Copperfield, den großen Zauberer, erwähnen, der, so schrieb mir jedenfalls Leser G. aus Chieming, in einer seiner ersten Shows in München, im Deutschen Theater, für einen seiner Tricks einen Mann aus dem Publikum auf die Bühne holte. Er fragte ihn zunächst nach dem Namen. Die Antwort war *Alois*, was den Meister zu einem Lachanfall veranlasste und zur Antwort: *My name ist Never!*

Er hatte *Always* verstanden.

Ich entschloss mich am Ende, *Ritardo Delay* für einen musikalischen Verwandten des französischen Chansonniers *Gordon Bleu* zu halten, der, wie einer Mail von Leserin T. zu entnehmen war, offenbar in einem Restaurant in Monschau bei Aachen auftrat, begleitet von Kroketten und Salat. (Vermutlich waren das die beiden Gitarristen.)

Gordon Bleu *mit Kroketten und Salat* stand da.

In anderer Besetzung spielte Gordon mit seiner Band dann übrigens auch mal in Hessen, berichtete mir Leser M. Dort traten *Gordon Bleu, Pommes u. Salat* auf.

Übrigens gibt es ja, wie die meisten von uns wissen, ein Schnitzelgericht namens *Cordon bleu*, was im Französischen *Blaues Band* heißt und als Begriff ein Synonym für hohe Kochkunst ist, zurückgehend auf das blaue Band, an dem das goldene Kreuz des Ordens vom Heiligen Geist getragen wurde (ein im 16. Jahrhundert gegrün-

deter und 1830 untergegangener Ritterorden). Auf manchen Karten findet man das Gericht deshalb auch einfach als *Blaue Schnur* wieder oder kurz Schnurblau, was irgendwie auch ein sehr origineller und schöner Name für eine Band wäre: *Schnurblau* mit Frontman *Gordon Bleu*.

Lyrik ohne Absicht
Frühstück

Die Buffet umfasst
Getränke heisse 2 Fruchtsäfte
Zunimmt
Frisches Berot
Brot geröstetes
Brötchen Schwedisch
Es werden vier Viertel
Joghurt
Obst
-rote Obst
3 Getreide
Käse
Eier Schiffskörper auf Antrag.

Aushang in einem französischen Hotel 2012

GERICHTSWESEN

Die Justiz funktioniert in Sprachland natürlich anders als in gewöhnlichen Staaten. Das entnehmen wir schon der folgenden kleinen Geschichte von Herrn B., der sein Brot als Anwalt in Berlin verdient. In jenen Zeiten, als man Briefe noch diktierte und diese Diktate von Sekretärinnen dann abgeschrieben wurden, zitierte er in einem Schreiben ans Gericht das Bundesgesetzblatt. Die Sekretärin aber (sie war wohl neu im juristischen Gewerbe) verstand das als buntes Gesetzblatt und schrieb es auch so.

B. las den Text nur noch flüchtig, zeichnete ihn ab und erhielt wenige Tage später einen Anruf des Vorsitzenden Richters, der fragte: »Lieber Herr Rechtsanwalt, ich konnte nicht rauskriegen, wo ich das Gesetz finde. Leider ist unser Gesetzblatt in der Gerichtsbibliothek nur schwarz-weiß.«

Ja, so ist das in den Justizbüchereien unserer Welt. In Sprachland aber sind die Gesetzestexte farbenreich, und selbstverständlich gibt es zu ihrer Auslegung ein buntes Verfassungsgericht.

Dennoch sind die Gerichte hier, anders als bei uns, allgegenwärtig, schnell und effizient. Oft finden wir auf den Speisekarten italienischer Lokale das Wort *Sekundengerichte*, das sagt ja schon alles. Immer wieder

Fertiggerichte
Ready meals
Tribunaux prêts

Fertiggerichte
Ready meals
Tribunaux prêts

wird behauptet, dies sei nur eine Falschübersetzung der Worte *secondi piatti*, also der Speisen, die als zweite Gänge nach den *primi piatti* serviert werden, den ersten Gängen. Aber das stimmt nicht, es handelt sich um den dezenten Hinweis, dass jeder Verbrecher hier in kürzester Zeit abgeurteilt werden kann, *von den Sekundengerichten nämlich.*

Nach dem Urteil ist der *Fall Abgeschlossen.* An einer italienischen Autobahnraststätte sahen wir einmal genau diese Wörter auf einem Schild an der Kasse. *Cassa Chiusa* stand da auf Italienisch, was eigentlich *Kasse geschlossen* bedeutet. Da der Übersetzer aber beim Übertragen ins Englische *Case Closed* gewählt hatte, führte das im Deutschen zu *Fall Abgeschlossen* – und damit zu einem weiteren versteckten Fingerzeig auf die zügige Arbeitsweise der sprachländischen Justiz.

In einem Supermarkt wurde einmal das Wort *Fertiggerichte* ins Französische mit *Tribunaux prêts* übersetzt, was eben, nun ja, *Fertige Gerichte* bedeutet.

Oft finden wir auf Speisekarten auch die Wörter *Our daily court*, also *Unser Tagesgericht*, ja, aus einem Lokal in der Nähe von Fulda meldete sich Herr S. sogar mit dem *traditional court »The Ratsherren-Topf«,* was nichts anderes bedeutet, als dass die Angeklagten sich hier vor

209

dem *Traditionsgericht »Der Ratsherren-Topf«* zu verantworten haben.

Ohnehin wird aber dem Verbrechen hier von vorneherein wenig Gelegenheit gegeben, sich zu entfalten. Der *OBI Bau + Heimwerkermarkt Jena* annoncierte vor Jahren schon am Eingang, er werde videoüberwacht – weiter stand da: *Einbruch zwecklos, Geld wird täglich entsorgt!* Die Gleichgültigkeit allem Materiellen gegenüber, die in Sprachland an der Tagesordnung ist, lässt Kriminellen hier einfach keine Chance.

Leser P. machte mich auf die ausgesprochen lustige Internetseite *Best of Kleinanzeigen* aufmerksam. Dort wurde dokumentiert, wie die per Chat geführten Verhandlungen über den Kauf und Verkauf eines VW Golf innerhalb kürzester Frist so eskaliert waren, dass sich der Interessent mit den Worten *Rede nicht über meine Eltern aschluch verpisst dich* hörensohn verabschiedete.

Hier sehen wir tatsächlich die hohe Kunst des Beleidigens: Ein kleiner Buchstabentausch bewirkt, dass die Sache weder vor einem Sekunden- noch vor einem Fertiggericht, einem Tages- oder gar einem Traditionsgericht wird verhandelt werden müssen, denn was ein *aschluch* ist, weiß kein Mensch, und ein *Hörensohn* kann nun wirklich nichts Schlimmes sein, so wenig wie ein *Sehensohn, Schmeckensohn, Tastensohn, Riechensohn.*

Sollte sich doch die Justiz der Sache annehmen wollen, müsste der Angeklagte nur auf die abschließenden Worte eines Kommentators bei *Best of Kleinanzeigen* verweisen: Herr Staatsanwalt, das Wort *Hörensohn* kenne ich nur vom *Hurensagen.*

Vokabeln

NAPFZIEHVERSUCH

Frau M. stellte mir am Ende ihres Jurastudiums die in dessen Rahmen gesammelten Wortungetüme zur Verfügung, wozu unter anderem der *Schlussbeschluss*, der *Weiterfresserschaden*, die *Scheingeheißperson* sowie der *Fortsetzungsfeststellungswiderspruchsbescheid* gehörten, zu meiner großen Freude aber auch *der Bewucherte,* worunter nicht etwa ein von wirrem Bartwuchs bedeckter Mann oder ein von Efeu überwachsener Baum zu verstehen ist, sondern sozusagen die Gegenperson zum *Wucherer*, also dessen Opfer, der Mensch, den der Wucherer nun mal eben bewuchert hat.

Genauso schön erschienen mir aber jene Vokabeln, die Herr S. entdeckte, als er im Onlinewörterbuch die Bedeutungen des englischen Begriffs *cupping* nachschlug und dabei auf so unvergesslich schöne Wörter wie *Becherbruch, Gesenkbördeln, Napfziehen, Stanzbördeln* stieß, im Weiteren dann für *cupping glass* auf *Schröpfkopf* und für *cupping test* auf *Napfziehversuch*.

Bei eigenen Nachforschungen, zum Beispiel auf den Seiten diverser Technischer Universitäten, entdeckte ich dann weitere Begriffe wie *Kreuznapf-Versuch* und *Einbeultiefe*, bis ich schließlich beim Wort *Vakuumlöten* aufgab, denn ich war von all diesen ungeheuren Voka-

beln komplett gesenkgebördelt, napfgezogen, kreuzge-
napft, schröpfgeköpft, tief eingebeult und schließlich
ganz bewuchert.

HANDEL UND WANDEL

Was den Ideenreichtum der Geschäftsleute in Sprachland angeht, so fällt mir ein Schild ein, das mir Leser M. aus Offenbach abfotografiert zur Kenntnis brachte: Unter der Überschrift *Vermietung hier* stand da *Kesselgulasch vom Grill*, was mich erstens zu der Überlegung führte, wie man Kesselgulasch eigentlich grillt, M. zweitens aber schon zu der Überlegung veranlasst hatte: Warum eigentlich Gulasch kaufen, wenn man es auch mieten kann?

Als Nächstes muss ich dann aber an die Geschichte des vietnamesischen Restaurants im Prenzlauer Berg denken, auf dessen Karte *Gefühlter Tofu geschnorrt im Tontopf* angeboten wurde.

Des Weiteren gibt es auch noch ein italienisches Lokal in Nordhessen, in dem die *Rigatoni al forno* mit dem Vermerk *formenflaisch Hinterschinken mit Geschmachtvertärker* angeboten wurden, wobei mich besonders die Vokabel Geschmacht beschäftigt. Als Substantiv war sie in keinem Lexikon zu finden, auch nicht im Wörterbuch der Brüder Grimm, in dem aber natürlich des Verbums *schmachten* im Sinne von *hungern* ausführlich Erwähnung getan wird. Im Schweizerischen, so heißt es dort, kenne man die Wendung *es ist mir g'schmacht* im Sinne von *ich kann mich vor Hunger kaum halten*. Und das ist nun interessant: dass in jenem italienischen Lokal Gerichte angeboten werden, die jenes Geschmachtgefühl nicht etwa, wie die meisten Gerichte es ja tun, zu verringern und gar zu tilgen helfen, sondern es im Gegenteil *vertärken*! Sodass man nach dem Genuss einer Portion *Rigatoni al forno* sich nicht etwa satt zurücklehnt, sondern sofort nach einem weiteren Teller verlangt und dann nach noch einem und so weiter ... Was dem Geschäft des Wirtes natürlich sehr zuträglich ist.

Aber eigentlich wollte ich nur von meinem damals elf Jahre alten Leser J. aus Sörgenloch (nicht: Sorgenloch!) berichten. Der hatte über einem Schalter einer in der Nachbarstadt befindlichen Firma das Wort Personalverkauf entdeckt. Zusammen mit seinem Vater habe er das Wort betrachtet, schrieb er mir.

Dann habe der Vater gesagt: »Normalerweise werden die ja einfach entlassen.«

Lyrik ohne Absicht

Erweichen und wollen

Geärgerte Steinpilze zur Sonne.
Mich in kaltem Wasser seit zwei Stunden
Zu erweichen.
In frischem (neuem) und trockenem Platz
Zu bewahren,
auch in Gefriermaschine
wollend.

Text auf einer Packung getrockneter Steinpilze
aus dem Piemont 2017

FÜSSE

Als Alleinwort gibt es den *Gänger* eigentlich nicht, im Gegensatz zum *Geher* und auch zum *Läufer*, bei denen nie jemand auf den Gedanken käme, sie Fußgeher oder Fußläufer zu nennen. (Außer in Österreich, dort sagt man so: Fußgeher.)

Warum nur nicht? Denn seltsam ist doch: Womit sollte der Mensch sonst seinen Gang gehen als mit den Füßen? Während beim Auto-, Rad- oder Mopedfahrer der erste Teil des Wortes ein Fortbewegungsmittel bezeichnet, zu dem es auch Alternativen gäbe, hat der Fußgänger keine Wahl – oder fast keine. (Nur wenigen von uns ist es möglich, längere Gänge auf den Händen anzutreten.)

Also ist der Fußgänger als Begriff ein Pleonasmus. *Gänger* würde reichen, tut es aber offenbar nicht, stets ist nur die Rede vom Fußgänger, wobei sich der Gänger stets auch noch mit anderen Substantiven zusammentut, als Kirchgänger, Kostgänger, Müßiggänger, Parteigänger, und überhaupt gerne mit allen möglichen Wortbestandteilen verpaart wird: Spaziergänger, Doppelgänger. Vielleicht ist deshalb die Verwendung des Mono-Wortes *Gänger* unmöglich geworden, denn seine Verwendung würfe doch sogleich die Frage auf, was für ein *Gänger* denn da gemeint sei, vielleicht gar ein Blindgänger oder Freigänger? Ein Draufgänger oder Vorgänger?

Dabei ist der Mensch in seiner Urform *Gänger* im Sinne von Fußgänger. Gott hat den Menschen nicht als Reiter konzipiert, auch nicht als Autofahrer und schon gar nicht als Mountainbiker. Das alles sind Fehlentwicklungen, Irrwege und, wie sich täglich zeigt, Überforderungen. Nur mithilfe seiner Beine und der daran befestigten Füße brach der Mensch auf in die Welt, gemessenen Schrittes. Schon das schnelle Laufen ruiniert ja auf Dauer die Kniegelenke, das lag nicht in Gottes Absicht. Hätte er gewollt, dass der Mensch fährt, hätte er ihm ans Ende seiner Extremitäten Rollen montiert. Hätte er gewünscht, dass er fliegt, säßen auf seinem Rücken Flügel.

Der Fußgänger ist Gottes Geschöpf, er allein. Doch was widerfährt diesem Wesen in unserer Welt? Seit Langem schon wird er bedroht vom Auto, auch vom Autobus, vom Lastwagen. Überall durchdröhnen diese Gefährte unsere Welt, sie scheuchen den Fußgänger zur Seite, jagen ihn, vergiften seine Atemluft mit feinsten Stäuben, belagern sein Gehör, zerhupen sein Gemüt.

Dies alles geschieht schon lange. Bereits 1934 beschrieb der unvergleichliche Sebastian Haffner in der *Vossischen Zeitung* die Alltagskämpfe jenes Menschen, »der es auf sich nimmt, ungepanzert und waffenlos, auf eigenen Füßen, in schlichter Zivilkleidung, ausgerüstet mit nichts als der auslugenden Verschmitztheit des Menschengeistes, den Dschungel des Großstadtverkehrs zu durchqueren«. (Man kann das nachlesen in seinen unter dem Titel *Das Leben der Fußgänger* gesammelten Feuilletons.)

Jene Verschmitztheit und jener Menschengeist haben dem Fußgänger geholfen, das Schlimmste zu überleben. Er schuf sich seine Reservate: Fußgängerzonen. Als Spaziergänger zog er sich an Flussufer und in Parks zurück. Als Wanderer floh er in die Berge.

Aber nie ruhten seine Feinde. An erster Stelle ist der Radfahrer zu nennen, der – selbst ein von vierrädrigen Feinden Gehetzter, ja, mit dem Tod Bedrohter – bisweilen zum Gesetzlosen wird, zum *Outlaw*. Noch in entlegenen Bergregionen muss der Fußgänger damit rechnen, wie aus dem Nichts von heulenden, mit Helmen und Körperpanzerungen gerüsteten, durch Forst und Schlamm wütenden Berserkern zu Tal gerissen zu werden. In den Städten kann es geschehen, dass ihm in seinem eigenen Revier, auf dem Bürgersteig (sofern der nicht von Autos verparkt ist), lang gestreckte Transportträder entgegenschlingern, deren Fahrer leutselig »Entschuldigung!« rufen, während die vor ihnen in einer Art Badewanne sitzenden Kinder neugierig den an die Hauswand Gepressten mustern. Auch umkurven ihn dort Fahrradboten, die Mahlzeiten ausfahren. Kleinkinder (»Karl-Paul, du musst aber aufpassen!«) zielen mit Strampelrädern und *Bobby-Cars* auf seine Achillessehnen. Farbenfroh gemusterte *Skater* und *Hoverboarder* driften um die Ecke. Ja, selbst auf elektrifizierten Einzelrädern Stehende nehmen den in Furcht Erstarrten als Slalomstange. Kampfradler (»Halt's Maul, Arschloch!«) zielen auf alle, die in Frieden Zebrastreifen zu nutzen versuchen.

Damit nicht genug: Vor Jahren wurde der gute alte Tretroller, bei dem der Mensch wenigstens noch einen Fuß zum Einsatz bringen musste, elektrifiziert – man nennt das nun *Personal Light Electric Vehicle* oder *E-Scooter* – und zum Straßenverkehr zugelassen. Und natürlich sind seine Besitzer auch auf Gehwegen unterwegs.

Es heißt aber GEHwege! Nicht Fluchtwege.

So muss es niemanden wundern, dass Leser S. schon vor Jahren am Klinikum rechts der Isar in München ein großes Schild entdeckte, dass Fußgängern zeigt, wohin sie sich zu begeben hätten. Fußgänger zur Psychiatrie war da zu lesen – interessant, nicht wahr? Gibt es irgendwo ein Schild *Autofahrer zur Psychiatrie* oder *Mietrollerbenutzer zur Psychiatrie* oder *Elektrofahrradler zur Psychiatrie*? Natürlich nicht. Nur der Fußgänger gilt offenbar als behandlungsdürftiges Wesen.

Wenigstens hat man an manchen Orten seine Schutz-bedürftigkeit erkannt, in Freising zum Beispiel, wo jemand an einer Ampelanlage folgende herzliche und anrührende Aufforderung entdeckte: *Fußgänger bitte drücken.* Allein: Hat man je in Freising oder anderswo Menschen dieser Aufforderung Folge leisten sehen? War auch nur ein einziges Mal zu erleben, dass ein Autofahrer seine Karosse verlassen hätte, um einen an der Ampel wartenden Fußgänger tröstend in die Arme zu nehmen? Wurde berichtet, dass ein Radfahrer sein Velo an eine Wand lehnte, um einen Fußgänger herzhaft zu drücken?

Doch ist das Ungedrücktsein nur eines der Probleme von Fußgängern.

Einem Bericht in der *Süddeutschen Zeitung* entnahm ich 2018, womit es offenbar Fußballer zu tun haben können: mit welchen Problemen, meine ich. Sie sind ja die Fußgänger schlechthin, ihr Job lässt sich nur zu Fuß erledigen, sie können nicht auf ein Fahrrad steigen wie der Rennradler oder auf Schlittschuhe wie ein Eishockeyspieler, nein, Fußball geht nur zu Fuß, und wenn das nicht möglich ist, dann geht es gar nicht.

Dies musste Thiago, in jenen Jahren ein Spieler des FC Bayern, damals erfahren. So las ich eines Tages in der Zeitung: »Sanches ersetzte im Zentrum Thiago, der wegen Zehenproblemen pausierte.«

Mich lässt seitdem dieses Wort *Zehenproblem* nicht los, wobei es ja im Falle Thiagos nicht nur *eines* war, sondern gleich mehrere Zehenprobleme. Sein Kollege Ribéry hatte Jahre zuvor mal eingewachsene Zehennägel (so was weiß man als Fußballfreund), aber *Zehen-*

problem klingt irgendwie diffuser, unklarer, ja, geradezu unbenennbar, es hört sich nach einem Problem *über die Maßen zehensensibler* Personen an. Man erinnert sich an Christian Buddenbrook aus Thomas Manns Roman, einen der unterhaltsamsten Hypochonder der Literaturgeschichte (wobei: Hypochonder sind immer unterhaltsam!), oft spricht er von einer »unbestimmten Qual« zum Beispiel im linken Bein oder »zu kurzen Nerven« an der ganzen linken Seite.

Und natürlich fällt einem auch Thomas Mann selbst ein: die Tagebücher.

Vom 14. Februar 1952 zum Beispiel: »Beim Frühstück beängstigendes Steckenbleiben eines nicht genug gekauten Stückes gebr. Specks in der oberen Speiseröhre, im Schlund. Widerwärtige Nervosität meines Schluckapparats, quälend.« Oder 1951, am ersten Weihnachtstag: »Nur ganz leichte Übertemperatur, aber sehr matt u. müde. Lag auf dem Sofa. Ging nachmittags zu Bette. Ca ½ 5 Uhr Erdbeben mit Schwanken des Bettes, Knacken und Anklingen. Keine Ruhe. Was mir im Bette fehlt, ist das Keilkissen. Sollte beschafft werden.« Vier Tage später: »10 Uhr zu Dr. Wolf zur Untersuchung. Natürlich liegt organisch nichts vor. Für Mittwoch Erprobung des Verdauungstrakts angesetzt – notorisch lästig und bestimmt überflüssig, da alles nervös und psychisch.« Und zwischen all diesem könnte man sich ohne Weiteres eine Notiz dieser Art vorstellen: »Vorm. Arbeit am Zauberberg, nachm. Korrespondenz. Beim Spazierg. leichte Zehenprobleme links, die aber nach Einreibung

m. Franzbranntwein abklangen. Schlaf tief, aber nicht ausreichend lang.«

Die Literaturgeschichte ist voll von solchen Figuren, erstens unter Autoren, zweitens unter deren Geschöpfen. Wenigstens einen will ich noch zitieren, den faulen, trägen, immer schläfrigen *Oblomow* aus Iwan Gontscharows gleichnamigem Roman.

»›Ich weiß nicht, was ich tun soll. Mein Magen verdaut fast gar nicht; unter der Herzgrube fühle ich einen Druck; ich leide an quälendem Sodbrennen, das Atmen fällt mir schwer ...‹, sagte Oblomow mit kläglicher Miene.«

Aber könnte man sich vorstellen, dass Thiago aus solchen Gründen den Trainer um Auswechslung bittet: wegen einer unbestimmten Qual, eines nicht genau erklärlichen Problems im linken Mittelzeh, wegen Blutandrangs unter den Fußnägeln, einer widerwärtigen Nervosität des Knickapparates im großen Onkel?

Das sind so die Fragen nach dem Auftauchen dieses Wortes, und ich begann, über den menschlichen Körperbau in neuer Weise nachzudenken, zumal mir jemand seinen Zahlbeleg in einem Lokal zuschickte, für die Bewirtung einer größeren Gruppe. Denn neben erheblicher Mengen von Wasser, Apfelsaft, Kaffee und Tee war hier dreißig Mal ein *Fingerfootbüffet* in Rechnung gestellt worden, offenbar in Anlehnung an das sogenannte *Fingerfood*, bei dem es sich im Prinzip um eine Weiterentwicklung des *Gabelfrühstücks* handelt, das die Deutschen im 19. Jahrhundert von den Franzosen übernahmen.

Dieser deutsche Begriff fand zum ersten Mal in August von Kotzebues 1804 erschienenen *Erinnerungen aus Pa-*

ris Erwähnung: »Eine Tasse Thee, oder Lindenblütwasser, oder auch Milchkaffee, wie er in Paris fabricirt wird«, schrieb Kotzebue über die Pariser Speise-Sitten, »sind nicht mehr hinreichend, um ein Mittagsessen zu erwarten, welches jetzt später aufgetragen wird, als zu den Zeiten Carls des VIII. das Abendbrod. Daher die Gabelfrühstücke (déjeuners à la fourchette) ... Gegen 1 Uhr wird eine Mahagony-Tafel gedeckt, mit vielerlei Gattungen kalten Fleisches und mancherlei Weinen besetzt. Von warmen Speisen werden höchstens geduldet: Tauben à la Crapaudine, Hühner à la tartare, kleine Pastetchen au jus, rognons ... und Bratwürstchen. Hingegen gibt es kalte Fleischfallade, Wild- und Schinken-Pasteten, und zur Vorrede Austern von den berühmten Felsen von Cancale.«

Das Gabelfrühstück hieß also Gabelfrühstück, weil man es allein unter Zuhilfenahme einer Gabel verzehren konnte. (Und *Fingerfood* ist sozusagen Gabelfrühstück ohne Gabel.) Kotzebue übrigens wurde 1819 – da war er russischer Generalkonsul in Mannheim – unter Zuhilfenahme eines Messers von dem Burschenschafter Karl Ludwig Sand ermordet, dem er als Vertreter des reaktionären Regimes verhasst war.

Fingerfoot, der Fingerfuß – was mag das nun wieder sein? Ein Körperteil offensichtlich, das man nur in Sprachland kennt und das zum Essen benutzt werden kann – oder vielleicht, im Gegenteil, seinerseits gegessen wird?

Das bleibt unklar, wie so vieles.

Aber wäre nicht der Besitz eines oder mehrerer Fingerfüße für die Menschen durchaus von Vorteil, wie bei manchen Affenarten, zumal in Zeiten des *Multitaskings*, in denen die Leute gerne mehrere Dinge gleichzeitig tun: Man könnte am Computer arbeiten und mit den Fingerfüßen zur selben Zeit eine Mahlzeit zu sich nehmen, vom Fingerfootbüffet, auf dem selbstverständlich heutzutage andere Speisen sich befinden müssten als zu Kotzebues auf dem Gabelfrühstückstisch.

Auf einer spanischen Speisekarte entdeckte ich *Puntillas de calamar*, das sind winzige Tintenfischlein, die als Tapas sehr beliebt sind. Aber weil *ir de puntillas* eben im Spanischen bedeutet, auf Zehenspitzen zu gehen, hieß das Gericht auf Deutsch *Zehenspitzen von Tintenfisch*, was schon sehr verwöhnt und wählerisch klingt: dass man vom Kalamar nur die Zehenspitzen isst.

Oder wollte sich das Tier auf denselben vom Fingerfußbüffet schleichen, ein maritimer Fußgänger auf der Flucht?

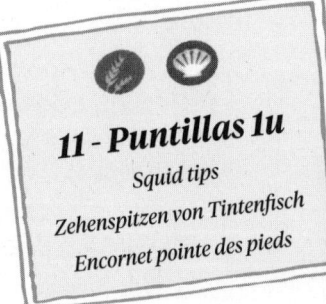

11 - Puntillas 1u
Squid tips
Zehenspitzen von Tintenfisch
Encornet pointe des pieds

HÄNDE

Vor etlichen Jahren las ich einmal die Überschrift *Obama geht auf Kuba zu.*

Und ich dachte: von Washington aus? Er läuft übers Wasser?

Obama hätte ich es zugetraut.

Mir fiel das Foto eines Schildes ein, das ich seit Jahren in meiner Sammlung hatte, ein Schild am Ufer eines Sees.

Betreten der Wasserfläche verboten.

Das Schild stand in der Nähe Münchens. Nicht in der Karibik. Und als ich lange Zeit später tatsächlich einmal an diesem See (eigentlich war es mehr ein Teich) vorbeifuhr, um mir das Schild im Original anzusehen, da war es weg. Es war Winter, nun stand da *Betreten der Eisfläche verboten*. Jemand hatte wohl entdeckt, dass es sinnlos war, das Betreten einer Wasserfläche zu verbieten, weil es nur wenigen historischen Ausnahmegestalten überhaupt möglich ist, Wasserflächen zu betreten.

Obama. Jesus.

Beide kommen erstens im Landkreis München nur selten vorbei. Zweitens sollte man sie dann nicht ausgerechnet mit einem Verbotsschild empfangen.

Es war warm an jenem Wintertag, als ich am Teichrand stand. Nirgends war eine Eisfläche zu sehen. Nur eine

Wasserfläche, deren Betreten demzufolge erlaubt war. Ich machte aber von der Erlaubnis keinen Gebrauch, wie denn?

Ich wollte aber eigentlich etwas anderes erzählen, nämlich, dass später eine andere Überschrift zu lesen war, die ich mir auch gemerkt habe, sie lautete: *Obama reicht Kuba die Hand.*

Später las ich an anderem Ort: Italien reicht China die Hand.

Würde man heute nicht mehr machen, oder? Die Hand reichen, meine ich. China schon gar nicht. Wer weiß, was dran klebt ... Wobei: Hat China eine Hand? Und Kuba? Haben Länder Hände?

Hat Sprachland eine Hand? Eine Sprachlandhand?

Jemand bekam in einer Münchner Metzgerei eine Quittung für gemischtes Hackfleisch überreicht, auf der als zweiter Punkt Plus Handeingabe vermerkt war, das kostete 1,80 Euro extra. Und links unten auf dem Beleg war ein Fleck, rot, er sah aus wie ...

O nein! Ist das wirklich ...?

Ich überlegte, welche Form dieser Fleck hatte, er sah irgendwie aus wie eine Insel. Aber nicht wie Kuba.

Jedenfalls kommt einem Hackfleisch mit einem solchen Vermerk plötzlich irgendwie anders vor, oder?

Andererseits muss man klarstellen: Auf vielen Speisekarten finden wir Hand, manchmal auch Händchen.

In Spanien *Hands with paprika* oder, auf Deutsch: *Hände mit Parrika*. Wobei *Parrika* natürlich ein Schreibfehler war.

Es soll *Paprika* heißen.

In München ½ Knuspriges Händchen mit *Gebratner – Eier Reis oder nudel und Gemüse.*

Auf *de.recidemia.com* ein Gericht namens *Herzen des Handflächensalates*, zu den Ingredienzien gehören *Herzen der Handfläche* und *Französische Bekleidung*, also *French Dressing*.

In Fulda ein *Club Sandwich mit Händchenfleisch*.

Manchmal entdeckt man ja in Metzgereien im Angebot Hühnerklein, Gänseklein oder Entenklein. Wir haben hier nun auch Händchenklein. Man lebt in Sprachland vom Händchen ins Mündchen. Das Händchen auf der Karte ist so selbstverständlich geworden, dass oft schon eher vermerkt wird, wenn es nicht da ist, wie in jenem Restaurant, in dem eine *Pizza Fantastico* angeboten wurde, und zwar mit *Tomaten soße, Mozzarella Händchen-fehle mit Soß-Hollandaise.*

Macht dann 8,90 Euro, wahrscheinlich günstiger, weil Händchen fehlt, mit Händchen sicher teurer.

Ich schätze aber, das sind alles Schreibfehler, es muss wohl richtig jeweils *Hänschen* heißen, wie es korrekt einmal auf einer Kreidetafel vor einem deutschen Restaurant angeboten wurde: *gebackener Hänschen Schenkel mit beilage*. In Offenbach wurde beim Fußballspiel FC Maroc gegen Al Fath Moschee einmal nachweislich *Couscous mit Hänschen* angeboten. In Berlin Neukölln fand Herr

G. auf einer Karte einerseits *Ganzes Hänschen (Frittiert)*, andererseits *Halbes Hänschen mit Hausgemachten Pommes, Salat und Aioli.*

Wobei es sich hier eigentlich nicht um Klein-Hänschen aus dem berühmten Lied handeln kann, sondern um Hänsel aus dem Märchen, der von der Hexe gefangen gehalten wird, weil sie ihn mästen und im Ofen garen will. Immer musste Hänschen sein Händchen vorzeigen, damit die Hexe sehen konnte, ob er schon groß und fett genug sei für die Küche. Im Märchen konnte er sich mithilfe seiner Schwester aus der Gefangenschaft befreien.

In Wirklichkeit offenbar nicht.

Näheres dazu hatten wir im Kapitel über Kannibalismus.

Gibt es nicht übrigens auf Kuba die Schweinebucht? Ja, interessanterweise ist der Name aber eine Falschübersetzung, genau deswegen passt er überraschenderweise gut hierher.

Denn auf Spanisch heißt der Ort *Bahia de Cochinos*, wobei *Cochino* zwar Schwein bedeutet, auf Kuba aber auch Drückerfisch, und nach den Drückerfischen eben ist die Bucht benannt. Sie heißt also eigentlich Drückerfischbucht. Man kennt sie aber eben weltweit als Schweinebucht, so ist sie berühmt geworden, weil hier 1961 etwa 1.300 Exilkubaner aus Miami landeten, um die Regierung abzusetzen, ein Coup, der spektakulär scheiterte. Die Exilanten kamen aber nicht mit offenen, auch nicht mit ausgestreckten Händen, sondern mit Unterstützung amerikanischer Bomber und auch ansonsten schwer bewaffnet.

In Sprachland gibt es übrigens eine Gegend namens *Schweineländchen*, das liegt in Zgorzelec, der polnischen Nachbarstadt von Görlitz. Ich entnehme das einer Speisekarte, die mir Frau W. von dort mitbrachte. Unter der Rubrik Gerichte von Grill stand da *Polędwiczki wieprzowe* und dann *Schweineländchen*.

Der Begriff *Ländchen* ist ja in Geografie und Geschichte durchaus geläufig, mancher kennt das *Hultschiner Ländchen* im Osten Tschechiens, ein anderer vielleicht das *Straubinger Ländchen* in Niederbayern, wieder andere das *Blaue Ländchen* im Taunus um den Ort Nastätten herum. Das Schweineländchen scheint mir sehr klein zu sein. Deswegen heißt es ja auch Ländchen.

Eines Tages wollen wir einmal dorthin reisen, mit *Sprachland-Tours*. Alle zusammen gehen wir aufs Schweineländchen zu und reichen dem Ländchen die Händchen.

KRIEG

Von verschiedenen Menschen ist bekannt, dass sie Lebensmittel vergraben. Gewisse Chinesen zum Beispiel umschmieren gerne Enteneier mit einem Teig aus der Asche von Piniennadeln, Kalk, Salz, Zitronensaft und Wasser, lagern sie dann in einem Erdloch und essen sie erst Monate später mit Tofu, Frühlingszwiebeln und Sojasoße. Und *Prepper*, also Menschen, deren Furcht vor einer großen Krise so umfassend ist, dass sie Vorräte horten, kaufen sich Plastikfässer und verbuddeln diese, mit Konserven gefüllt, im Garten, weil Diebe, so schreibt ein Plastikfassanbieter im Internet, »zumeist nicht die Zeit haben, aufwendig im Boden zu suchen«.

Was soll man aber von den Indianern halten, die Grießbrei vergraben, wie ich mir nach einem Gespräch mit einem Leser notierte, der mir erzählte, sein fünfjähriger Sohn habe eines Tages ganz unvermittelt zu ihm gesagt: »Gell, Papa, Indianer vergraben Grießbrei?«

Es wird wohl das Kriegsbeil gewesen sein, was denn sonst? Aber woher, bitte schön, soll ein kleiner Bub in diesen Zeiten wissen, was ein Kriegsbeil ist? (Man versteht nur, was man kennt. Und das ist, jedenfalls bei einem Fünfjährigen, mit Sicherheit Grießbrei.)

Wofür ich übrigens ganz nebenbei noch schnell ein weiteres Beispiel zitieren möchte. Leser R. aus Berlin schrieb mir einmal, er sei im Haushalt seiner Großmutter aufgewachsen, »in deren Küche über dem Herd ein blütenweißes Ziertuch mit dem blau eingestickten Sinnspruch *Trautes Heim – Glück allein* hing. Als kleinem Steppke, der ich damals war, hat sich der Sinn dieses schönen Spruches natürlich nicht sofort erschlossen. Ein Umstand kam mir zu Hilfe: Ich lernte die Tochter unseres Hauswartehepaares kennen, die auf den Namen *Traute* hörte. Nun war alles klar! Was aber die Küche meiner Oma mit dem Zuhause und dem Glück von Traute zu tun haben sollte, darüber habe ich noch lange gegrübelt!« (En passant und als Nachtrag zum Kapitel über Kommata und Apostrophe: Hier wäre ein Apostroph passend gewesen, denn bei *Traute's Heim – Glück allein* kann es keine Missverständnisse geben.)

Aber weil wir gerade beim Krieg waren: Ich möchte einfach die Post von Herrn S. nicht vergessen, in der es sozusagen um die Folgen des Krieges ging. S. schrieb mir: »Ehrenamtliche Helfer gingen in den ersten Nachkriegsjahren häufig mit Sammelbüchsen von Haus zu Haus und baten um eine milde Gabe für wohltätige Zwecke. Eines Tages klingelte es. Meine Mutter fragte an der Türsprechanlage, wer draußen sei. ›Ich bitte um eine Spende für die Briefträgerfürsorge‹, schepperte es durch den alten Lautsprecher. Mutter war sauer. ›Ich spende gerne, aber nicht für Briefträger. Das sind Beamte, und die bekommen mehr Geld als ich mit meiner Rente!‹ Die Stimme aus dem Lautsprecher ertönte erneut: ›Sie haben sich verhört. Ich bitte um eine Spende für die KRIEGS-GRÄ-BER-FÜR-SOR-GE.‹«

ARCHITEKTUR

Lange Zeit hatten viele Menschen große Freude an einem Song von *Ich + Ich*, wobei das erste Ich Annette Humpe war, beim zweiten handelte es sich um Adel Tawil. Das Lied hieß *Pflaster*, und in der zweiten Strophe hieß es:

> *Du bist das Pflaster für meine Seele*
> *Wenn ich mich nachts im Dunkeln quäle*
> *Es tobt der Hass, da vor meinem Fenster*
> *Du bist der Kompass, wenn ich mich verlier'*
> *Du legst dich zu mir, wann immer ich frier'*
> *Im tiefen Tal, wenn ich dich rufe, bist du längst da.*

Aber so verstanden es nicht alle Hörer. Viele, die mir schrieben, hörten dies:

> *Du bist das Flachdach für meine Seele*
> *Wenn ich mich nachts im Dunkeln quäle*
> *Es tobt der Hamster vor meinem Fenster …*

Was für ein schöner, dunkler, poetischer, komplett unverständlicher und gerade deswegen höchst reizvoller Text, viel besser als das ja nun auch wahrlich nicht schlechte Original.

»Ich fragte mich immer beim Hören dieses Liedes: Welche Rolle spielt der Hamster in der Beziehungskrise des Paares?«, schrieb mir Herr S. »Hatte sie ihn heimlich ausgesetzt ... um den Partner zu ärgern ... weil es sein Hamster war ...?«

Ja, das ist erwägenswert. Aber mit den Jahren hat mich doch immer mehr als der tobende Hamster dieses Flachdach beschäftigt: dass es tatsächlich möglich ist, über einer Seele ein Flachdach zu errichten, überhaupt einen anderen Menschen als Überdachung und Behausung des eigenen Inneren zu empfinden und dies auch so genau zu benennen, nicht als Walm-, Kupfer- oder Ziegeldach, sondern eben als Flachdach – das ist schon sehr bedeutsam und treffend und lässt den tobenden Hamster irgendwie in den Hintergrund treten.

In diesem Zusammenhang ist interessant, was ich im Treppenhaus eines Berliner Mietshauses entdeckte: einen Aushang unter der Überschrift *Objektanwesenheit*. Darunter wurde das Objekt auch benannt, nämlich genau dieses Haus mit Straße und Hausnummer. Handschriftlich waren Daten und Uhrzeiten vermerkt, mit Unterschrift beglaubigt, Zeiträume, in denen das Objekt wohl anwesend gewesen war, wie ja in diesem Moment auch, in dem ich im Flur stand. Was nichts anderes heißen konnte als: Immer wieder scheint das Objekt, das Haus also, nicht anwesend zu sein, ohne dass man wüsste, wo es sich in dieser Zeit aufhält.

In Sprachland ist es mithin möglich, dass man vom Einkaufen zurückkehrt und sein Haus nicht mehr vorfindet. So dass man warten muss, warten und warten.

Um so wichtiger ist es, in dieser Zeit eine gut überdachte Seele zu haben.

Lyrik ohne Absicht
Der Kampf

Wir bitten Sie
E i n d r i n g l i c h !
Die Entsorgung aller Binden und
Tampons im dafür vorgesehenen
Behälter rechts hinter Ihnen zu
entsorgen!!!!

Wir kämpfen ständig mit
Verstopfungen!

Aushang in den Toilettenräumen
eines Restaurants in Karlsruhe 2013

ANALES

Im Jahr 2007 schon schickte mir Leserin W. eine Seite aus dem Mitteilungsblatt ihres Sportvereins. In der Rubrik *Die Vorstandschaft berichtet* fanden sich einige Nachrichten, den Jahresempfang des Vereins betreffend, auf dem zwei Frauen aus der Mitgliedschaft einen Sketch aufgeführt hatten, der solche Begeisterung hervorrief, dass er, der Sketch (so der Berichterstatter), »in die Analen des Vereins eingehen« werde. W. schrieb, beinahe habe sie den Verein wieder verlassen, einfach aus Angst, möglicherweise auch einmal in die Analen einzugehen, das sei denn doch »zu ekelhaft«.

Es geht aber noch ekelhafter. Denn was soll man sonst dazu sagen, dass sich in München für Partys, die abends nach dem Schließen der Zelte auf dem Oktoberfest stattfinden, tatsächlich ohne öffentliches Wehklagen der Begriff *After-Wiesn* eingebürgert hat?!

Mich erinnert das alles an eine Post von Frau S., die (das müsse etwa 2006 gewesen sein, schreibt sie) »irgendwo bei Krokowa/Kaschubien« auf einer Speisekarte ein Gericht namens Müllers Darmgeheimnis entdeckte. Sie habe so lachen müssen, dass der Kellner aufmerksam wurde und es ihr deshalb nicht möglich war, die Karte zum Beweis zu entwenden oder auch nur zu fotografieren. So lasse sich die Sache im Nachhinein nicht mehr näher klären, »manche Dinge sollten aber auch besser ein Geheimnis bleiben«.

So wie die Wurst im Nikolaus-Darm, von der ich über Leserin B. erfuhr, vielleicht auch besser eines geblieben wäre. Sie entdeckte im Laden tatsächlich Anfang Dezember einmal das Angebot einer *Nikolaus-Cervelatwurst im Nikolaus-Darm,* unfassbar im Grunde, aber wahr, vor allem, wenn man bedenkt, dass Cervelat seinen Wortursprung letztlich im Lateinischen hat, *cerebrum* ist das Hirn, *cerebellum* dessen Verkleinerungsform. Im Französischen ist das dann *cerveau,* im Italienischen *cervello,* trotzdem ist die Cervelatwurst keine Hirnwurst, seltsam eigentlich. Und eine Cervelat ist in der Schweiz eine Brühwurst und damit etwas ganz anderes als die schnittfeste Rohwurst, die man in Deutschland unter diesem Begriff bekommt.

Wie auch immer: Hier scheint dem Nikolaus das Hirn nicht bloß in die Hose, sondern gleich in den Darm gerutscht zu sein.

Weiter den Darmgeheimissen auf der Spur, landen wir mit Leser W. auf der Karte des griechischen Lokals eines Gartenbauvereins in Fürth, wo zwischen allerhand fränkischen Spezialitäten wie *Schinkenplatte* und *Zapf'n Stadtwurst* plötzlich eine *Blechdarmplatte* auftaucht.

Diese, so W., sei »auch mir als Einheimischem nicht bekannt gewesen«, die Sache ließ sich aber im Gespräch mit der Bedienung aufklären.

Es handele sich, sagte sie, um eine »Büchsenwurst«.

Mich erinnert das erstens an eine Firma namens *Franken WC,* die mobile Toiletten vermietet und deren Wer-

Ihr Geschäft ist unser täglich Brot

Franken WC

bespruch lautet: Ihr Geschäft ist unser täglich Brot, zweitens an die Information von Leser P., der am Ende einer Speisekarte in Loano/Ligurien einen merkwürdigen Punkt entdeckte.

Digestivi Vari stand da, dann *various digestive* (also verschiedene verdauungsfördernde Alkoholika), schließlich *Verschiedene magen-darm.*

In eine ähnliche Richtung scheint ein Schild in einem Trierer Restaurant zu weisen, auf das mich Frau B. hinwies. *WC kostenpflichtig* stand da und dann: *Rückerstattung bei Verzehr.*

Gelegentlich findet man auf Toiletten ja noch den Hinweis, man solle diesen Ort so verlassen, wie man ihn vorzufinden wünsche. Das ist aber selten geworden. Zu viele Menschen haben solche Schilder mit dem berechtigten Hinweis versehen, man sei doch hier nicht der Putzdienst. In Hagenau im Elsass, so konnte Frau A. mit einem Foto belegen, ist man auf der dortigen Campinganlage in der Sache bei dieser Aufforderung geblieben, doch ist der Ton schon, wie ich finde, beachtlich. Da stand:

*SEHR GEEHRTE DAMEN UND HERREN ...... BEVOR
SIE DIE TOILETTE ZU VERLASSEN ,HABEN DIE
ZARTHEIT , UM SICHERZUSTELLEN , DASS DIE*

237

TOILETTE VOLLSTANDIG EVAKUIERT UND
SAUBERT IST. DANKE FUR IHR VERSTANDNIS .

Haben die Zartheit, das ist schön, sanft und zierlich formuliert, geradezu vorbildlich. Wäre es nicht schön, das Finanzamt zum Beispiel würde einem auch in genau diesem Ton schreiben?

Haben die Zartheit, um sicherzustellen, dass Ihre Einkommenssteuervorauszahlungen sich bis zum 10. März auf unserem Konto befinden ...

Besser noch wäre ganz grundsätzlich (und das findet man nun öfter) die Ansage, man solle die Toilette so verlassen, wie man sie vorgefunden habe. Das ist zwar auch nicht optimal, fordert aber immerhin nicht rüde zu umfassenden Reinigungsdiensten auf. In besonderer Zartheit hat man den Ton auf einem Campingplatz in Colmar im Elsass getroffen.

VEelassEN SiE diESEN Ort bittE WiE SiE habEN SiE ihN dahiN kommENd gEfuNdEN. DaNkE für IhrE auffassuNgsgabE.

Ein wenig erinnert mich der Text (abgesehen mal von der zukunftsweisenden Art der Groß- und Kleinschreibung) in seiner schönen Umständlichkeit an den Polizisten Catarella in Andrea Camilleris *Montalbano*-Romanen. Catarella ist das Faktotum im Kommissariat, und er drückt sich dem Kommissar, dem *Dottori*, gegenüber, der ihn um einen Gefallen gebeten hat, zum Beispiel so aus: »Dottori, wenn Sie mich persönlich bitten, Ihnen höchstpersönlich einen Gefallen zu tun, dann tun Sie mir einen Gefallen, wenn Sie mich darum bitten.« Oder er sagt, als er davon gesprochen hat, dass Pferde *mackiert* würden, und um eine Erklärung des Wortes *mackieren* gebeten wird: »Wenn sie mackiert werden, werden sie mackiert, aber was das ist, womit sie mackiert werden, wenn sie mackiert werden, das weiß ich nicht, Dottori.«

Und natürlich fallen mir die Betrügermails ein, die man fast jeden Tag bekommt und in denen man aufgefordert wird, irgendwelche Abschlagszahlungen zu leisten oder wenigstens einen Anhang herunterzuladen, damit irgendein Scheißkerl einem das Konto plündern kann:

Wir mochten Sie informieren, dass das Buro des nicht Beanspruchten Preisgeldes in Spanien,unsere Anwaltskanzlei ernannt hat, als gesetzliche Berater zu handeln, in der Verarbeitung und der Zahlung eines Preisgeldes, das auf Ihrem Namen gutgeschrieben wurde, und nun seit uber zwei Jahren nicht beansprucht wurde.

Von ähnlicher Qualität ist, was Frau A., eine leidenschaftliche Camperin offenbar, auf einem Zeltplatz in Alba/Piemont entdeckte.

Wir beraten alle Gäste der Toiletten im Camp ist nicht im Preis von WC-Papier auf der Toilette eingeschlossen. Wir können keine Garantie für die Gegenwart

Wie man sich nach kurzem Überlegen denken kann, ist gemeint, dass im Übernachtungspreis keine Gebühr für das Toilettenpapier enthalten ist. Sodass die Verwaltung eben nicht garantieren kann, dass solches auch vorhanden ist beziehungsweise für dessen Fehlen auch nicht verantwortlich zu machen wäre, *pertanto non garantiamo la presenza*, heißt es im Italienischen auf dem Schild: *Darum können wir dessen Vorhandensein nicht gewährleisten.*

La presenza ist *das Vorhandensein*, ja, aber es ist eben auch *die Gegenwart*, und weil die Übersetzer solcher Schilder oder *google translate* bei der Übertragung in eine andere Sprache gerne jene Bedeutung eines Wortes auswählen, die gerade nicht passt (oder, auf eigenartige Weise, dann eben besonders gut), wird in Alba auf der Toilette keine Garantie für die Gegenwart übernommen, was ich persönlich, offen gestanden, auch gar nicht erwartet hatte.

Wo kann man heute schon Garantie für die Gegenwart bekommen?

Es gibt sie nicht, es gab sie nie, die Gegenwart ist etwas Flüchtiges, wie durch ein Sieb läuft das Leben hindurch, gerade war etwas noch Zukunft, schon ist es Vergangenheit, dazwischen war es für einen Moment lang Gegenwart, aber man konnte es nicht festhalten, nicht garantieren ...

Wer hätte gedacht, dass man auf einer Toilette im Piemont an diese Wahrheit erinnert werden würde?!

Übrigens benötigt man, um solche wunderbaren Texte zu erschaffen, keineswegs immer eine Übersetzung (es hilft allerdings schon!), das schafft eine deutsche Behörde zum Beispiel auch ganz allein, die Ortsverwaltung Tiengen in Baden-Württemberg zum Beispiel. Sie richtete an *Liebe Hundebesitzer!* folgenden Satz:

Seit kurzer Zeit befindet sich zusätzlich zu den Hundekotspendern Ecke Alter Breisacher Straße/ Auf der Kinzig und an den Eingängen des Sport- und Tennisclubs »Am See« auch ein Automat an der Turnhalle der Markgrafenschule zur kostenlosen Entnahme für die Hinterlassenschaften der Hunde bereit.

Ist es nicht hochinteressant, dass man in Tiengen im Gegensatz zu vielen anderen Orten, Berlin zum Beispiel, offenbar einen solchen Mangel an Hundekot leidet, dass die Ortsverwaltung sich zur Aufstellung von Hundekotspendern genötigt sah, denen man kostenlos *Hinterlassenschaften* entnehmen kann, um die größte Not zu lindern?

Es bedarf wohl der Duldsamkeit von Automaten und Maschinen, um solche Jobs zu erledigen. Man kann sich jedenfalls keine Gemeindemitarbeiter vorstellen, die Hundekot an Bedürftige ausgäben. Aber mit Apparaten kann man es ja machen, wir sehen es auf einem Bild, aufgenommen von Frau K. in der *Süd-Thüringen-Bahn*. Dort las man unter rot leuchtenden Besetzt-Zeichen der Zugtoilette:

Bitte benutzen Sie bei Bedarf den zweiten Fahrkartenautomaten.

Zu klären wäre jetzt noch, was sich hinter der unscharfen Formulierung *bei Bedarf* verbirgt. Ist hier die Benutzung des Fahrkartenautomaten schon gestattet, wenn persönlicher *Bedarf* vorhanden ist und wenn es sich bei diesem Bedarf um einen *Bedarf* (ja, möglicherweise gar um ein *Bedürfnis*) handelt, den zu decken erstens das WC aus Gründen des Besetztseins und zweitens auch der erste Fahrkartenautomat aus Gründen grundsätzlicher Ungeeignetheit nicht in der Lage waren? Oder sollen *Bedarfhabende* von vornherein auf den zweiten Fahrkartenautomaten verwiesen werden? Ist dieser Fahrkartenautomat entsprechend ausgerüstet, um auch jene zufriedenzustellen, die *Bedarf* an einem WC haben? Und was – um alles in der Welt! – passiert, wenn auch dieser Automat, wie offenbar bereits der erste, überfordert sein wird?

Werden die folgenden Ereignisse dann in die *Analen* der Süd-Thüringen-Bahn eingehen?

FREMDWÖRTER

Ich bin kein Freund von Fremdwörtern, wo immer es geht, versuche ich, sie zu vermeiden. Bisweilen aber geht es eben nicht anders. Der Begriff *Eau de Toilette* zum Beispiel ist doch den meisten Menschen hinreichend geläufig, und wenn man versucht, ihn ins Deutsche zu übertragen, kann man tatsächlich so spektakulär scheitern wie jene Büsumer Reederei, die auf ihrer Internetseite Fahrten nach Helgoland und zurück anbietet und hinsichtlich der dabei geltenden Bestimmungen für die Befreiung von Zoll und Mehrwertsteuer vermerkt: *Für Parfüms, Toilettenwasser und sonstige Waren gilt ein Wert von insgesamt 430 Euro.*

SCHILDER 3

Manchmal sieht man, fast im Vorbeigehen, wie das Leben einem Schild mitgespielt hat, wie der Zahn der Zeit einzelne Buchstaben von ihm herunternagte und es sich nur noch mühsam gegen den Verfall zur Wehr setzen kann.

Einmal bekam ich ein Bild aus einem Schnellimbiss in Aarau in der Schweiz, von einem Schild, das nur noch die Hälfte der Buchstaben behalten hatte, der Rest war wohl aufgefressen worden – von wem?

Unse Hos oder Kas tarbeiter nnen tellen hnen ge n
Winden n nd Feucht le n zur e fü ung.

Oder ich sah im Treppenhaus des *Brandhorst-Museums* in München eine Tafel, die fast selbst ein Kunstwerk zu sein schien, *Was vom Satze übrig blieb*, könnte es heißen, ich zitiere nur zwei Zeilen.

Stephan Jai l y etz ich in einem O entie o – plan m t
dem ma eri che Ge tus T omb und

Eines der am meisten berührenden Bilder bekam ich aber von Frau E. aus Gießen, die zeigen konnte, wie ein Schild, das vor fallenden Ziegeln und Lawinen warnen sollte und auch davor, dass eine gewisse Gräfliche Verwaltung nicht für die Folgen dieser Gefahren einzutre-

HINWEIS

WIR ÜBERNEHMEN KEINE
HAFTUNG FÜR SCHÄDEN
DURCH HERABFALLENDE
ZIEGEL ODER LAWINEN
GRÄFL. VERWALTUNG

ten bereit war, wie also dieses Schild selbst schon so von
diesen offensichtlich eben nicht mehr nur drohenden
Ereignissen mitgenommen war, dass es unübersehbar
Schaden genommen hatte und also dringlich ein ein-
drückliches Zeugnis von der Realität all dessen ablegte,
vor dem es warnte. Schräg hängen manche Lettern im
Raum, scheinen übereinandergefallen zu sein, vor dem
Abgrund hängend. Buchstaben sieht man, die nur noch
vom benachbarten Kameraden gehalten werden, auch
Wörter, oft in sich verschoben wie Häuser nach einem
Beben, ängstlich zusammengerückt wie eine Herde
Schafe beim nahenden Gewitter.

Ein eindrucksvolles Bild, vor der Gefahr mahnend und
selbst schon Opfer.

Wie erholsam ist es da, ein Schild zu betrachten, wie
ich es einmal in Italien fotografierte: eines dieser alter-

tümlichen *Halt*-Schilder, auf denen *Alt* steht, was für uns Deutsche eben *alt* bedeutet, für Italiener aber *Halt*. Kein Italiener (jedenfalls keiner, der nicht Deutsch spricht) sieht hier, was wir sehen: ein sichtbar verrostetes, vom Schilderleben gezeichnetes, wind- und wettergegerbtes und also altes Schild, das von seinem Altsein selbst Mitteilung macht, eigentlich ein rührender Seufzer am Straßenrand.

TOD

Herr B. schrieb mir: »1954, im Alter von sechs Jahren, habe ich schon lernen müssen, dass unser irdisches Dasein endlich ist. Das machte mir Angst, na klar. Aber jeden Morgen wurde ich wieder daran erinnert, dass wir alle mit jeder Sekunde dem Tod ein Stück näher kommen. Meine Eltern hörten nämlich zum Frühstück die NDR-Nachrichten, aus einem Radio, das mit einem melierten Stoff überzogen war und zwei Drehknöpfe hatte. Nicht so ein schönes wie das meiner Großeltern mit magischem Auge und einer beleuchteten Skala, auf der geheimnisvolle Orte wie Stavanger und Beromünster von der Größe der Welt kündeten, nein, unser Radio war nur eine Kiste mit zwei Knöpfen. Vor den Nachrichten kam aus dieser Kiste, erst langsam, dann schneller, eine Serie von Piepstönen. Nach dem letzten Piepston, der einen Hauch länger war als die anderen, sagte der Radiosprecher mit seiner tiefen Stimme: ›Beim letzten Todeszeitzeichen war es sieben Uhr.‹«

Natürlich lernte B. irgendwann, dass es nicht Todeszeitzeichen hieß, sondern etwas anderes gemeint war, er schrieb, es habe »so viele Jahre gedauert, bis ich verstanden habe, dass es eigentlich ›Ton des Zeitzeichens‹ hieß, dass ich die genaue Zahl hier lieber nicht nennen möchte«.

Ja, eigentlich, eigentlich ...

Eigentlich interessiert es uns aber in Sprachland nun mal nicht, was *eigentlich* gemeint gewesen ist. Wir hier interessieren uns ausschließlich für das, was in den Köpfen der Irrenden und Misshörenden, der Falschversteher und Schlechtübersetzer, der Phantasievollen und Vorstellungsorientierten stattfand und weiterhin stattfindet. Wenn wir *Todeszeitzeichen* hören, dann meinen wir auch *Todeszeitzeichen* und beschäftigen uns damit, was ein *Todeszeitzeichen* sein könnte und wie es wäre, wenn es wirklich *Todeszeitzeichen* gäbe.

Wenn sie schon morgens im Radio erklängen.

Um sieben.

Und abends auch.

Und überhaupt.

Interessant ist nämlich noch etwas anderes: Es gibt in Sprachland nicht nur das Leben und den Tod, sondern dazu etwas Drittes, das uns sonst, außerhalb dieses Phantasiegebietes, unbekannt ist.

Leser S. aus Bonn fand das heraus, als er in der *Süddeutschen Zeitung* das Stelleninserat einer großen Versicherung entdeckte, die einen »Mathematiker/Aktuar Nichtleben (m/w)« suchte, zu dessen Aufgabengebiet so aufregende Tätigkeiten wie die »Risk-Trading-Unit-Modellierung im Bereich *Insurance Linked Securities*« gehören sollten, deren Erwähnung allein bei manchen Menschen schon leichte Schlaf- oder Schlaffanfälle auslösen, Daseinsformen, die sich weiterentwickeln können, dorthin, wo man nicht mehr lebt, aber auch noch nicht tot ist, ins *Nichtleben* also, bei dessen Eintritt vielleicht ein *Nichtlebenszeichen* erklingt, könnte das sein?

Man ist nicht mehr ganz von dieser Welt, im *Nicht-leben*. Plötzlich sind nämlich ganz normale Personen imstande, eine *Risk-Trading-Unit*-Modellierung vorzunehmen, sogar im Bereich *Insurance Linked Securities*, jedenfalls, wenn es drauf ankommt ...

Mag sein, dass dies etwas mit den Untoten zu tun hat, die auf *de.recidemia.com* ihr Wesen oder auch Unwesen treiben, Untote auf einer Bahre, eine *Karotten Untotenbahre*, seltsam, sehr seltsam, ein einfaches Gericht, das man so zubereitet:

Schale und schneidet Möhre s in lange, dünne Scheiben. Schmelzen Sie Butter in mittelgroßem frypan; fügen Sie hinzu Bier und Möhre s. Kochen Sie langsam bis Angebot und bewegt häufig. Aufruhr in Salz und Zucker. Koch für 2 weitere Minuten und dient heiß.

Führt der Verzehr dann unmittelbar in den *Untod*?

Und gibt es ein Untodeszeitzeichen, vielleicht kurz bevor man *heiß dient*?

Ich weiß es nicht, denn ich konnte mich nie zur Zubereitung entschließen.

Sicher aber ist: Eines Tages wartet doch der Tod auf uns alle, auch in Sprachland. Man redet dort nicht gerne darüber, nein, man entdeckt diese Tatsache oft eher zufällig an einem Ort, an dem man gar nicht damit gerechnet hatte, auf der Karte eines Cafés zum Beispiel, so wie Leserin F. Sie sah dort im Angebot *Stück Kuchen oder Tote* für 2,90 Euro. Oder wie in jenem Restaurant, in dem Totellini auf der Karte standen, eine Variante der *Tortellini*, das sind gefüllte Nudeln, während *Totellini* ...

Ach.

Das hat so etwas Verschämtes, Verstecktes. Und zugleich zeigt sich eine außerordentliche Nüchternheit, mit der man den Tod betrachtet. Frau S. erfuhr das, als sie vor vielen Jahren im Rahmen der Übernahme des Hauses ihrer Mutter beim Landkreis Miltenberg einen *Antrag auf Eigenkompostierung* stellen musste und sogar anzugeben hatte, in welcher Weise sie sich zu kompostieren gedenke, zur Wahl standen: *Komposthaufen, offener Komposter, geschlossener Komposter* oder *Misthaufen.*

S. schrieb mir, sie habe sich, der besseren Luft wegen, für den Komposthaufen entschieden. Nachdem aber »die Eigenkompostierung jederzeit vom Landkreis Miltenberg bzw. von dessen Beauftragten kontrolliert werden kann«, sei ihr nicht mehr ganz wohl dabei.

Ob sie von der Möglichkeit zur *Rücknahme des Eigenkompostierantrags* Gebrauch machen solle, fragte sie mich.

Worauf ich antwortete, die Frage sei doch, wie sie diese Rücknahme rechtfertigen wolle, denn eigentlich müsse sie doch zum jetzigen Zeitpunkt schon kompostiert, mithin sozusagen antragsunfähig sein. Worauf sie entgegnete, nein, nein, sie müsse ja erst noch die Genehmigung des Antrags auf Eigenkompostierung abwarten, die Sache sei also noch nicht entschieden.

Für den Fall aber, dem wir alle eines Tages entgegensehen, den Tag, an dem wir diese Welt und selbst Sprachland verlassen müssen, hat Leser Sch. aus Hemer in Westfalen vor langer Zeit schon einen passenden Text für seine Grabrede entdeckt, einen Wortvorrat zumindest für den Grabredner, vielleicht aber sogar etwas endgültig Formuliertes – und zwar ausgerechnet bei *Amazon*, wo *Eco-Sprossensamen Bleistift Bleistift 8 Stangen/ Karton sprießen Töpfe wunderbare DIY Geburtstagsgeschenk* angeboten wurden. Offenbar handelt es sich um eine Art Bleistift, den man, wenn er verbraucht ist, in die Erde stecken kann, worauf sich aus den in einer Kapsel befindlichen Samen Pflanzen bilden, also nicht Bleistift-Pflanzen jetzt, aber doch irgendwelche Pflanzen.

Wenn eines Tages, ich etwa zur Neige war geht, bitte begrabe mich begraben in den Topf Bleistift mit Pflanzensamen, war da zu lesen, was ein wenig an Dee Browns berühmten Buchtitel *Begrabt mein Herz an der Biegung des Flusses* erinnert, ein Werk, in dem es um die Indianerkriege in den USA und insbesondere um das Massaker von *Wounded Knee* 1890 geht.

Begrabt mich in den Topf Bleistift.

Klingt das nicht schon mal gut?

Was aber dann folgt, könnte tatsächlich Kern einer Grabrede in Sprachland sein, ich zitiere es in Gedicht-form, nur diese ist des Textes würdig, bitte, stellen Sie sich also beim Lesen einen Redner vor, der das Folgende langsam vor einer Trauergemeinde spricht.

Nicht verwendet werden um loszuwerden,
einen Bleistift,
die das Schicksal des Seins wird verworfen,
sprießen Bleistift (Bud Bleistift) völlig verändert
das Schicksal der Bleistifte werden verworfen.
Dieses kreative Briefpapier auch OCD Menschen
Schmerzen haben,
ist Sie wollen es eingefügt in den Boden im Voraus zu
sehen,
was wachsen kann,
und zweitens,
Sie können nicht es auf den Kopf
beißen.
Das Leben ist voll von allerlei »Zeug«,
Form eine Gewohnheit, die wir verwenden
oder verlieren.
Alles hat seinen Wert des Daseins,
auch die bescheidenen Bleistift,
gebar auch ein neues Leben.
Erleben Sie Ihren Bleistift sprießen
grüne Pflanzen!

Es folgt: der Leichenschmaus.

Er ist üppig hier, und Leser R. entdeckte die passende Speisekarte in Dabo in den Vogesen, wo ganz unauffällig, zwischen Pasteten, Schweinebacken, Filets und Schnitzeln, das Ende bestellbar ist: *Ende mit Honig und Mandeln*. Das Ende ist also süß, es wird auf Tellern serviert, man nimmt Messer und Gabel zur Hand und isst das Ende einfach auf, wie *Totellini* oder ein Stück *Tote* und – ja, das war's dann eben.

Es erklingt das *Todeszeitzeichen*.

Lyrik ohne Absicht
Der Müll, das Apartment und der Tod

Liebe Gäste
Wollen Sie A Sie B
Papier Karton
Plastick Flaschen
und Glas in den Schuppen

der Rest setzen Abfälle in der grauen bin
Peel und Obst in die G.F.T.
zu verschwenden das Backen

soll vermieden werden Schädlingen
herzlich
Leiche Danke für die Mühe

Aushang in einem Apartment in den Niederlanden 2018

NICHTS

Ich möchte für das schwer Fassbare so vieler Vorgänge und Substanzen des Landes, dessen Ufer wir nun vor einer ganzen Weile betreten haben, weitere Beispiele geben. Leserin S. aus Hamburg hilft uns dabei, weil sie vor langer Zeit schon den dortigen Abfallentsorgungsgesetzen den Begriff Stoffgleiche Nichtverpackungen entnahm und mir übersandte.

Das ist ein ganz wunderbares Exempel für alles, worum es hier geht: Der Begriff *Nichtverpackung* bedeutet ja, recht verstanden, dass etwas durch die Beschreibung dessen definiert ist, was es *nicht* ist. Im Prinzip ist sozusagen das meiste, das uns umgibt, *Nichtbaum*, abgesehen von den Bäumen eben, die sind einfach Bäume. Jeder Tisch ist ein Nichtstuhl, jedes Glas ein Nichtbecher, jede Hand ein Nichtfuß.

Das ermöglicht ganz neue Formen der Kommunikation. Ein Sprachlandbewohner könnte zum Beispiel beim Mittagessen zu seinem Tischnachbarn sagen: »Reichst du mir mal den Nichtzucker!?«, wenn er das Salz meint. Es könnte aber auch sein, dass man ihm daraufhin etwa eine zufällig herumliegende Zeitung in die Hand drückt, denn auch diese ist ja ein Nichtzucker.

Alles ist Nichtzucker, bis auf Zucker.

Analog dazu müsste man unter Nichtverpackungen alles Mögliche rubrizieren, eine Schachfigur vielleicht (solange in ihr kein Kokain versteckt ist), ein Buch (wenn man es nicht gerade als Gedankenverpackung verstehen will), ein Stuhl, ein Bild, eine Armbanduhr. Ein Blatt Papier hingegen kann immer beides sein, Verpackung oder Nichtverpackung, es kommt einfach darauf an, was man damit macht.

Große Teile der Welt sind Nichtverpackung, das hat einen einfachen Grund: Wenn die ganze Welt ausschließlich Verpackung wäre, gäbe es nichts zu Verpackendes mehr, und damit verlöre auch die Verpackung ihren Sinn. Für die dingliche Welt ist eine gewisse Ausgewogenheit von Verpackung und Nichtverpackung geradezu essenziell, im Grunde sollte die Nichtverpackung sogar den überwiegenden Teil ausmachen, finde ich.

Aber das nur nebenbei.

Übrigens sollte man es sich nicht zu leicht machen und diese Erwägungen als irre Spintisiererei abtun. Das würde der Sache nicht gerecht.

Im Schaufenster einer bekannten Münchner Metzgerei am Viktualienmarkt hing nämlich, nur ein Beispiel, sehr lange ein Schild mit der Aufschrift *Wir verpacken auch Vakuum*.

»Wie geht das?«, fragte sich Leser S. aus Esslingen. »Kann man dort neben Wurstwaren auch Vakuum kaufen? Und wird nach Gewicht abgepackt oder nach Volumen?« Und wie wird man, füge ich hinzu, daheim die freudig vorgetragene Nachricht aufnehmen: »Ihr Lieben, ich habe zum Abendessen aus der Metzgerei ein Vakuum mitgebracht!«

Se envasa al vacio

*It is packed to
the emptiness*

*Il est empaqueté
au vide*

*Es wird zur Leerheit
eingepackt*

In Madrid fand Herr K. in einem Metzgerfenster einmal den entsprechenden spanischen Satz *Se envasa al
vacio* übersetzt mit *It is packed to the emptiness* und
dann: Es wird zur Leerheit eingepackt.

Jedenfalls handelt es sich bei dem, das man dann da
im Einkaufsbeutel trägt, dem verpackten Vakuum also,
der eingepackten Leerheit, zweifellos um eine *Nichtsverpackung*. (Über deren Entsorgung dann noch zu reden
wäre, vielleicht aber an einem anderen Tag.)

Beunruhigend hingegen fand S. die Aufschrift im
Schaufenster daneben: *Wir vakuumieren*. Das klingt alar-
mierend, als ob den Leuten im Laden langsam die Luft
abgelassen würde.

Der Metzger selbst als *Nichtsverpackung*, als luftleere
Hülle?

Philosophen werden bei diesen Erwägungen natürlich
auf der Stelle Martin Heidegger und seine Erwägungen

257

über das Nichts assoziieren. Als er 1929 seine Antritts-
vorlesung bei Übernahme des Lehrstuhls für Philosophie von Edmund Husserl in Freiburg hielt, bezeichnete
er die Frage *Warum ist überhaupt Seiendes und nicht
vielmehr Nichts?* als Grundfrage von Philosophie und
Wissenschaft. Heute könnte man sich vorstellen, diesen Satz auch auf den Transportwagen der Müllabfuhr
zu lesen, als verzweifelten Schrei oder einfach so, als ein
grüblerisches Heischen nach Antwort.

Andererseits werden Müllmänner die Frage wohl immer mit einer klaren Bejahung des Seienden beantwor-
ten. Denn gäbe es nur Nichts, dann wären ja auch sie,
die Entsorgungsarbeiter, überflüssig, die ausschließlich
mit der Wegschaffung von Seiendem beschäftigt sind
und ihren Lohn kaum für den Abtransport von Nichts
erhalten könnten.

Man könnte sich in alledem verlieren, nicht wahr? Jedenfalls, wenn man dazu neigt. Und wenn man einen
Sinn hat für das Abwegige, sich auf Nebenstrecken Ver-
irrende. Jene, die ausschließlich am Konkreten, Fassba-
ren, Zählbaren interessiert sind, bekommen für Sprachland übrigens nie eine Aufenthaltserlaubnis. Sie sind
daran auch kaum interessiert und beantragen sie selten.

Die ganze Gegend liegt für solche Menschen vielmehr
in einer Art Nebel verborgen, sie ist *brumisiert*, ein Begriff, den ich von Herrn B. aus Berlin lernte, der ein Haus
in Südfrankreich besitzt und für dessen Garten einmal
einen perforierten Bewässerungsschlauch erwarb.

In der Gebrauchsanleitung fand sich folgende Passage:

Dieses durch zwei Weisen vielleicht benutzte Rohr:
Springbrunnen zum Boden für eine direkte
Sättigungdes Landes, oder zum Himmel für einen
einheitlichen brumisation.

Brumisation ist französisch und heißt *Vernebelung*,
aber die Übernahme des Wortes ins Sprachländische
erst macht uns die Schönheit dieses Begriffs deutlich,
gerade, wenn man daraus ein Verb sozusagen entnimmt:
Ich brumisiere, du brumisierst, er/sie/es brumisiert, wir
brumisieren …

Das Land, gesättigt und *brumisiert*, verborgen hinter
feinem Wasserstaub. Viele fahren achtlos daran vorbei,
ohne zu ahnen, was ihnen entgeht.

Sie sehen nichts, und doch ist da alles.

DANK

Meinen Leserinnen und Lesern bin ich dankbar, weil sie meine Bücher und Kolumnen lesen; ich weiß das sehr zu schätzen.

Mit diesem Buch hier ist es aber noch etwas anderes. Ich konnte es überhaupt nur schreiben, weil mich viele Menschen über Jahre und Jahrzehnte mit Material geradezu überhäuften: Sprachfunde, Missverständnisse, persönliche Anekdoten, Fotografien von Schildern, Speisekarten, Inseraten, Hinweise auf Internetseiten – all das bekam und bekomme ich jeden Tag neu aus aller Welt geschickt.

Ich versichere: Es ist ein tolles Gefühl zu wissen, dass so viele Leute immer wieder bei dem, was ihnen irgendwo auffällt und worüber sie lächeln, lachen oder nachdenken mussten, nicht nur an mich *denken,* sondern mich mit einer Mail, einer Postkarte oder einem Brief *bedenken*. So haben sie die Grundlage für dieses Buch gelegt. Das ist nicht selbstverständlich, sondern wunderbar.

Ich danke allen sehr, die mir geschrieben haben.

Axel Hacke
München, im Dezember 2020

BILDNACHWEIS

Für die die Nutzung der Bildmotive danken Autor und Verlag:

Bei einigen Bildmotiven ist es nicht gelungen, die Urheber bzw. deren Kontaktdaten ausfindig zu machen. Wir bitten in diesen Fällen um Rückmeldung beim Verlag.

STICHWORTVERZEICHNIS